# 自然學習
# 英語動詞

## 基礎篇

大西泰斗／Paul C. Mcvay　著

何月華　譯

三民書局

# 前　言

　　各位讀者好。承蒙大家的厚愛，自然英語學習系列開始要帶各位暢遊英文字彙的世界。首先就讓我們進入動詞的世界一探究竟吧！

　　各位應該都買過類似「字彙集」之類的書吧！諸如「日常會話必備 350」、「升學考試必讀 265000」等。放眼看去，坊間充斥的都是一些強迫讀者牢記「英文字彙—中文翻譯」等字彙的書籍，實在令人煩不勝煩。儘管如此，如果真能從中獲得字彙能力也就罷了，但糟就糟在這些字彙集根本無法幫助讀者提昇英文能力。這是因為：

①以機械方式死背數量如此龐大的中文翻譯難如登天，不僅讀者無法興起繼續努力的決心，而且是隨背隨忘。

②越是日常生活中常用的單字，其意義就越複雜。配合的單字不同，意義就會不同，記不勝記。

③光看中文翻譯無法體會該單字所蘊含的語感。

　　因此，儘管下功夫勉強記住，也只不過停留在知道中文翻譯這個階段而已，無法確實運用在實際會話中。

　　本書有別於坊間一般的字彙叢書。可以幫助讀者「輕鬆地」、「將單字的多重含義」、「甚至包括該單字的語感」學會。關鍵就在於「記住單字的意象」，希望讓各位讀者熟悉英文單字本身的意象，而非中文翻譯。

　　就讓我們立刻開始吧！相信各位在翻閱之中，必能漸漸領會各單字的含義、語感，進而發覺自己的英文愈說愈道地。

1999 年 3 月

大西泰斗

Paul C. McVay

本系列〈動詞篇〉共分〈基礎動詞〉及〈進階動詞〉上下兩冊。本書的重點在於培養讀者能 100% 靈活運用常用動詞。第二冊（續篇）則囊括各種具有特殊意義的動詞。敬請期待！

# Contents

◆專欄：以英語為母語者的提醒

# 0.

## 讓我們開始吧！

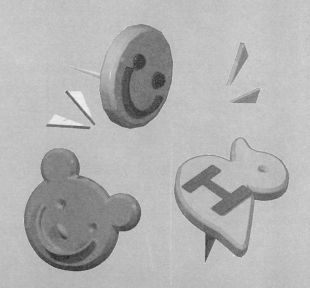

## 1. 坊間字彙叢書的通病

　　歡迎選購本系列叢書的第一本字彙集。在我們開始進入主題前，筆者想先介紹一下本書的編輯宗旨和特點。

　　編輯本書時，筆者曾到坊間觀察類似的書籍，種類的確繁多，不勝枚舉。而每本也看似下過功夫，不過基本上這些叢書的目標都一樣，那就是「牢記中文翻譯」。如此的寫作方式固然輕而易舉，然而讀者是否真能獲益呢？只要記得中文翻譯，就能學會使用該英文單字了嗎？其實不然。因為譯成中文後，意思相同的單字實在太多了。

　　①表示「看」的單字有：

see, look, watch, gaze, eye, spot

　　讀者是否能區別這些單字的使用方式呢？挑選本書的讀者，想必深為這種蘊含不同語感的單字所困擾，根本無法清楚分辨其中的差異。

　　此外，一個單字往往擁有各種不同的含義。就以 go 來說，在字典中就有如下眾多的解釋：

　　②go 的意思

　　去、前進、行動、旅行、消失、死亡、伸展、運轉、舉止、散佈…

　　含義相當多。「去」的釋義蠻常被使用。然而，只記得「去」的意思，顯然並無法充分了解 go 的語感。在柯林頓總統的緋聞事件中，《經濟學人》(The Economist) 雜誌封面就以斗大的標題寫著：

**JUST GO**

　　如果只知道「去」的意思，難道可以了解這標題中蘊含了「還是辭職吧」的語意嗎？此外，

・He has gone.（他已經離開／不在這裡了。）

　　看到這句子時，各位腦海中難道不會浮現「現在完成式的

go 表示『已經離開／不在這裡了』之意」等連自己也說不出道理的「規則」嗎？其實只要不受限於中文翻譯，而能切實掌握 go 的真正意含，一切便不成問題，並且能很快地理解。

講到這裡，大家應該可以完全了解，傳統的「翻譯式」字彙集，對於有心學好英文的讀者而言，簡直是幫倒忙。

## 2. 文字能詮釋字彙嗎？

這是大家經常會聽到的問題。字典對字彙的說明所採取的便是這種循環式的解釋方式。例如：「石塊＝岩石的碎片」、「岩石＝巨大的石塊」等，就是典型的例子。其實只要以圖畫或照片說明，就能一目了然，勉強以文字說明，結果反而讓讀者感到一頭霧水。為什麼用文字解釋字彙會造成困擾呢？這是因為你無法用文字精確地解釋另一字彙。

就以「舔」這個字為例，各位的腦海裡會出現這樣的說明嗎？

【舔】

　　為了了解食物的味道，或是動物之間為了表達親愛之情，舌尖微微用力地由下往上移的動作。

大家的腦海裡當然不會出現上述像字典解釋般的說明，而是讓具體的情況，像錄影帶一樣在腦中浮現。沒錯！文字的功能並非用來解釋字彙，而是用來說明周遭的事物。因此往往是千言萬語，還不如一張圖片能夠道盡箇中含義。

想必各位已經了解我的意思。如果我們一直試圖以中文解釋英文字彙，只會造成以不完整的解釋片面地去定義字彙，這種做法實在過於草率。說到這裡，各位是否仍然贊同「go＝去」「abandon＝丟棄、放棄、死心」的方式呢？

### 3. 透過意象（image）記憶單字

　　那麼，究竟怎樣才是一本理想的字彙集呢？ ①能清楚區分各個字彙特有的語感， ②能清楚了解每個字彙多種不同的含義，③不要過度依賴文字的解釋。這種字彙集是否可能存在呢？ 絕對可以。

　　只要仔細思考就會發現，要達到上述目的，其實很簡單。因為許多單字其實就是意象的反射。例如「舔」，就能和舔這個動作的意象相合，而只要牢記這個意象就可以了。

### 3.1. 意象是否能清楚區分各個字彙特有的語感

　　這種新的學習方式是否真的有效呢？ 首先來看這方法是否能清楚區分各個字彙特有的語感。事實勝於雄辯，我們就以動詞「看」的意象來驗證一下。

既清楚又明瞭吧! 雖然沒有任何文字解釋, 卻充分傳達了每個字彙特有的語感。如果再稍加例句說明, 要征服這些帶有類似「看」的含義的動詞, 應該是輕而易舉。

## 3.2. 意象是否能清楚表達單一字彙的多重含義

　　答案自然是肯定的。甚至可以說, 這正是意象的最大特點。

　　各位是否曾經想過, go 這個字彙為什麼會有這麼多的含義? 難道創造英文字彙的人因為這個字太簡單, 所以給與一堆語義嗎? 當然「去」、「死」、「動」等語義絕不會是無中生有、憑空捏造的。而關鍵也就在此, 其實創造 go 這個動機很單純。正因為字本身很單純, 因此讓大家對它的意象產生很多想像空間。換句話說, 擁有多重含義的字彙, 其實泰半是由其意象衍生而來。

　　到此, 各位對意象的重要性應該有所了解了吧? 只要掌握意象的根源, 不僅能了解該字彙的獨特語感, 也能確實掌握其他衍生的含義。因此本書可說是突破了傳統字彙集的窠臼, 開拓了全新的學習模式, 值得各位期待。

## 4. 本書的目標

　　本書是以動詞所傳達的 9 個 PROTOTYPICAL IMAGE (原型意象) 為主要架構而寫成的。

　　以下都是人類熟知的各種基本動作／狀態。在這些原型意象中再加入各種不同的深層含義以及語感, 無數的字彙於焉產生。觀察由同一原型意象衍生的字彙群就能清楚發現, 每個字彙都充分反映了各原型意象的獨特含義和語感。

　　一般而言, 和原型意象愈接近的字彙, 衍生的含義也更多

元化。以「移動」的例子來說，在原型意象上只加上「方向」的 go, come 就擁有豐富的含義。另一方面，在原型意象上加上「不穩的步伐」等各種意象之後的動詞，諸如 stagger 等，其意義就不會那麼廣了。這是理所當然的，因為特定的意象層層附加愈多的含義之後，在使用上的自由度自然就會降低。

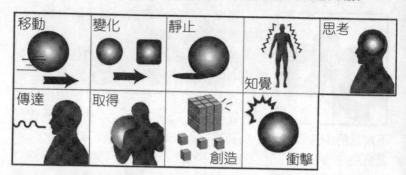

移動　變化　靜止　知覺　思考
傳達　取得　創造　衝擊

　　本書主要收集了與原型意象較接近的基本字彙。但各位讀者不能因為這些字彙與原型意象很接近就掉以輕心。擁有許多意象而用法有限的動詞反而比較容易理解。因為這些字彙只要掌握其意象即可知其義。和原型意象愈接近的字彙其衍生含義也愈多元化，需要多加把勁去理解才行。只要抱著平常心快樂地學習應能漸漸掌握動詞真正的意象與含義。

# 1.

## 表示**移動**的**動詞**

## 表示移動的動詞

　　以下將介紹的 9 個原型意象中，最值得學習的一項應該是「表示移動的動詞」吧！因此，趁現在學習興致最高的時候，先來一探究竟吧！

　　剛開始請先仔細閱讀。在閱讀過程中不必惦記著要背誦所有看過的內容。因為這並不是本書的宗旨，只要多多翻閱，視覺自然跟著意象走，在反覆閱讀中自然能漸漸掌握每個字彙特有的語感。

「移動」動詞中以 go 最接近原型。而 go 含有很多意思也絕非巧合,正因為它最接近原型,所以衍生出豐富的含義。不過最重要的不外乎是意象。

出發

進行

目的地

go 含有從原來的場所離去的意象。從目前的場所出發,到抵達目的地間的一連串過程,就是 go。或許有人會反駁,這不就是「去」的意思嗎?其實透過了解這樣的意象,和只是默記「去」的中文翻譯,兩者之間可說是差之毫釐,失之千里。箇中緣由,你馬上就會明白。

## 衍生意象

　　從「出發」、「進行」、「目的地」三個基本意象中，衍生出許多意思。首先來看「出發」。

### 出發

　　我們來看看「出發」的典型例句。

- Let's **go** or we'll be late for the movie.
  （我們出發吧，否則要趕不上電影了。）
- When does the next bus for Oxford **go**?
  （下一班前往牛津的公車什麼時候出發？）

　　我們仔細觀察「出發」的基本意象，應該可以感受到其中含有**從原來的位置離去**的感覺。

- It's OK. The pain will **go** soon.
- You're simply not up to the job, Mr. Elliot. You have to **go**.
- Poor John has passed away. Well, I guess we all have to **go** some time.
- He has **gone** to America.

| 痛 呼！ | Elliot 離職 | John 世間 | America 此地 |

「馬上就不會痛了」、「你不適任這份工作，請你走吧」、「總有一天我們都會死」、「他已經去美國了」等，譯成中文時雖然會有各式各樣的詮釋，**但是對以英語為母語者而言，他們其實只是以一個很簡單的意象去理解。從簡單的意象，再衍生出釋義來。這就是意象的力量。**

　　以下的用法很有趣。

本來的功能

本來的狀態

- The battery is **gone**.（電池沒電了。）
- Look at him. He's completely **gone**!（看看他，他已經完全神智不清了！）

　　各位應該能感受到兩者都含有「從原來的位置離去」之意。沒錯，**就是失去了原來的功能、脫離了本來的狀態。**電池「沒電了」、人因為酒精或毒品等而「神智不清」，就是這個意思。

　　以下介紹「進行」的基本意象。我們來看看能衍生出什麼含義呢？

從側面來看

**進行**

　　我們從 go 的整段含義中，截取出**「進行」的這一段**來看。將會發現其中隱含了許多國人往往很難掌握的「進行」的含義。

- Puffy's latest song **goes** like this....（帕妮的最新歌曲是這樣的…。）

　　歌曲的旋律，從開始到結束不是有持續進行的感覺嗎？而以上例句就含有「這樣進行」的意思。不僅歌曲如此，我們可以再想想下述例句的意思。喔！不應該說是意思，而是**思考所**

**呈現的意象。**

- The story **goes** that he robbed the rich to give to the poor. （故事就在他劫富濟貧的情節中發展下去。）
- Then he **goes**, "Over my dead body!"（然後，他說，「只要我活著一天就別想!」）
- He **went** like this with his index finger!（他邊這樣說，邊伸出了中指。）

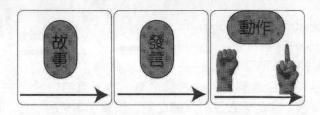

　　不論故事、發言或動作都有「進行」的意味。而第二句可說是 says 非常口語的表現，這也可說是相同意象不斷反覆的結果。如果你能了解以下的用法，就已經非常接近以英語為母語的人了。

- Dogs **go** "bow-wow."（狗不斷地汪汪叫。）
- The cork **went** "pop."（瓶塞砰地一聲打開了。）

　　從上面的例子，我們應該能夠感受到，「聲音」從開始到結束「進行」的感覺。以英語為母語的人，從小就能自然地使用這種用法，但是對外國人而言，可能相當困難，不過只要能掌握這個感覺就不難理解了。

　　帶有進行含義的 go 還有許多不同的型態，也可以用來表示**事情或狀態正在進行中。**

- How are your classes **going**?（你上課的情況怎樣？）
- How's it **going**, Chris?（克里斯，狀況如何？）

以上的例句或許太簡單了，我們再試試下面的句子：

- I can't bear the thought of my kids **going** hungry.（一想到孩子們正餓著肚子，我就覺得難受。）
- Surprisingly, Madonna's presence **went** completely unnoticed!（真是令人訝異，竟然一直沒人察覺瑪丹娜的出現。）

　　如果會話能達到這個水準，就相當不簡單。其實，上面的句子所表達的意象是相同的，表示事情維持一樣的狀態不變、持續進行的意思。**go hungry** 表示「持續飢餓的狀態」，第二個例句也一樣，表示「一直沒被發覺的狀況」。覺得還是太簡單嗎？那麼，我們再試試以下例句：

　　再一次仔細觀察基本意象，應該會有一種未遭受任何阻擋、順利前進的感覺，而從中也衍生出**暢行無阻**（**unblocked**）的語感。

- Dollars **go** absolutely anywhere in the world.（美金在世界各地都通用。）
- No problem, man. Anything **goes**.（沒問題，老兄。怎麼樣都可以。）

如何？這種表達方式常被使用喔！請繼續往下看。

進行的意象也可以進一步擴展到「機械」等，而轉化為「**運轉 (function)**」之意。「進行」這個意象所轉化而成的「**運轉**」，並不光指會移動的東西，不會到處移動的物件的運轉也囊括在內。

• My car looks like a wreck but it **goes** like a bomb!（我的車雖然看來破舊，但馬力十足呢！）

• My watch was **going** well last night but now it's stopped.（昨晚我的手錶還走得好好的，現在卻不走了。）

• The pump is **going** again.（馬達又開始運轉了。）

進行的 go 的衍生意象，下面是最後一種。

就如同中文中常說的「歲月如梭」，**「移動」和「變化」之間總存在著密切的關連**。所謂變化，就是從某種狀態到另一種狀態的「進行」。

• It all **went** wrong.（諸事不順。）

• He stood on my foot and the nail **went** black.（他站在我的腳上，腳指甲都瘀青了。）

• All our food **went** rotten.（我們所有的食物都腐壞了。）

• Nick **went** berserk when I crashed his new car.（當我撞爛尼克的新車時，他抓狂了。）

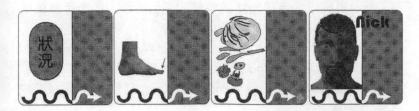

　　以上各例句都**緊扣進行的基本意象。將意象的原型做多元化詮釋，豐富每一個字彙的表現方式，這就是以英語為母語者的字彙能力。**而本書的目的就是希望各位讀者能夠深切體會這些意象的道理，加以融會貫通，以使自己的語文能力更接近以英語為母語者。

- Our love is **going** sour.
- Geoff **went** grey very early.

　　愛變酸了、人變灰白了，看來似乎有些不合邏輯。其實食物「變酸了」是表示餿掉了，所以愛就有「已經變質了」的意思。而變灰白的不是人本身，而是頭髮，因此此是「頭髮變白了」的意思。

　　接下來是最後一個意象「目的地」，繼續加油！

　　只要記得 go 有**目的地**的意象就可以了。

- They **went** to Peter's house.（他們去彼得家了。）

　　講到「目的地」很容易讓人覺得是很遠的地方，其實，沒有移動腳步的範圍內的情況也包含在內。

- Slowly his hand **went** toward his gun.（他慢慢地伸手拔槍。）

go 還有很多遠超過我們想像的「目的地」的衍生意象用法。

· The fridge can **go** next to the oven.（冰箱可以放在烤箱旁。）

· Where do these files **go**?（這些檔案要放在哪裡?）

· Practically all my savings **went** on this car.（我把存款幾乎都花在這部車上。）

· Recognition doesn't always **go** to the most deserving.（最應受肯定的人未必能受到肯定。）

　　基本意象的「目的地」，意義能夠再衍生，請看以下例句。

· Tom **went to bed**.（湯姆去睡了。）

　　這是大家都耳熟能詳的用法。但是其實只是**將焦點由「目的地」轉移到**在那裡發生的「**活動**」。其他還有很多例子。

· Tom **goes to school/hospital/prison/church/college**.
（湯姆去上學／入院／坐牢／坐禮拜／上大學。）

· He **went to court**.（他訴諸法律。）

　　焦點不在於具體的建築物本身，而是在那裡發生的活動。中文說「到學校」，其實重點並不在建築物，而是在那裡的活動，也就是學習。有時候，go 在句中的含義，與其說是單純行為，倒不如說**含有職業的意味在內**。下面的例句便是這種情形，大

家不必想得太複雜，其實中文裡也有這樣的用法。

· All the men in the village **went to sea**.（村裡的男人都出海了（＝當漁夫）。）

從「目的地」的基本意象也可以衍生出**及於某個範圍**的意思。

· The plug doesn't **go** that far: we need an extension cord.（插頭太遠了，我們需要一條延長線。）

· They'll probably **go** to around 2 million for it.（他們可能會出 200 萬左右。）

· My patience won't **go** that far.（我沒那種耐心。）

表示「我的忍耐是有極限的」。

  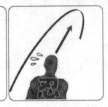

**各**位辛苦了，內容看起來的確相當的多。不過相信各位應該已經了解，雖然 go 的語意看起來如此令人眼花撩亂，歸納起來其實只不過是 3 個基本意象。只要能夠掌握正確的基本意象，就能夠運用自如。再也不需要去死記「出發、離去、動作、活動、死亡」等意思。只要時常翻閱插圖，將這些意象牢記在腦海中，那麼，各位運用 go 的能力必然更上一層樓。

# ①HAVE GONE 與 BE GONE

各位想必都知道 be gone 的用法。一般都認為「其用法和 have gone 的相同」，其實，其中語感仍有些微差距。

• She **has gone**. It's over.（她走了，一切都結束了。）
• She **is gone**. It's over.（她走了，一切都結束了。）

雖然翻譯成中文後的譯文是相同的，但對於以英語為母語的人來說，第二句話會給人一種因為某些原因而下定決心的感覺，「她絕對不會再回來，她已經走了。」

為什麼會產生這樣的語感？我們可以從 be gone 中尋找提示。

• This homework **is easy**.
• Angela **is beautiful**.

看了上面的句子，你得到了提示了嗎？對於以英語為母語的人來說，"be gone" 並不是「去」的動作，而是像「簡單」、「美麗」等形容詞般的感覺。而形容詞的作用就在於

清楚劃線區分，一筆劃開簡單或不簡單、美麗或不美麗。而 She is gone. 的意象中，便將她清楚劃入「已經離開了」的區隔，而且不會隨便變動。這就像原本是「美女」的安琪拉，不會突然變成醜女，be gone 給人一種不會動搖的感覺。

當然，你也不需死記「be gone 較具有決定性」。因為這

語感仍會因情境而改變，而且以英語為母語的人也絕不會用死記的方式。重要的是要掌握這個字不代表動作而是形容詞的語感，就像是 easy，beautiful，red 等，這樣就足夠了。如此一來，便不難了解下述例句的意思。

・I'll paint the apartment while my wife **is gone**.（我會趁著太太外出時粉刷公寓。）

・Will you **be gone** long?（你會出去很久嗎?）

　　如果把上述句子當成動作來想，不會覺得很奇怪嗎?「趁著太太外出時（的動作中）」這種講法實在很奇怪。

　　順便一提，類似用法尚有 "be finished" 及 "be come" 等。

・Is Ken not **finished** yet?（肯還沒完成嗎?）

・The time **is come** for us to take action.（該是我們採取行動的時候了。）

# COME

接下來我們要介紹和 go 一樣，也是最接近「移動」的原形動詞──come。各位剛讀完 go，而 come 只是方向相反而已，應該不成問題。

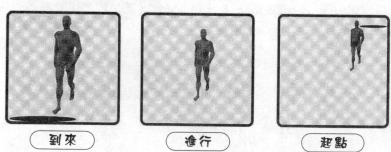

| 到來 | 進行 | 起點 |

相對於 go 是從（自己所在的）中心點所在的場所離去，come 則是逐漸接近中心點。

## 衍生意象

### 到來

　　首先是「到來」的基本意象。以下就是基本例句。

- Is John **coming** to the party?（約翰會來參加舞會嗎?）

　　come 並未限定用於具體的對象，**也可用於抽象的含義**。試舉數例如下。

- The rainy season is **coming**.（雨季就要來了。）
- Don't worry. No harm will **come** to your daughter.（別擔心，不會危害到你的女兒。）
- Sorry. Nothing **comes** to mind at the moment.（抱歉，一時什麼也想不起來。）

　　以下的 come 是**未來逐漸向自己接近的意象**，衍生為「**即將到來**」、「**不久的將來**」之意。

- The President is sure to lose in the **coming** election.（總統一定會輸掉即將到來的選舉。）
- All will be revealed in the days to **come**.（不久的將來一切就會分曉。）

接下來就要進入重頭戲了。

首先就來看看「先來」、「後到」等**表達順序的用法。**

- For most Westerners, family **comes** before work.（對大多數的西方人而言，家庭比工作重要。）
- Your speech **comes** right after lunch.（午餐後，馬上就是你的演講時間。）
- Taichung **comes** between Taipei and Kaohsiung.（臺中位於臺北和高雄之間。）

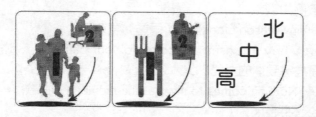

很簡單吧！意象的世界裡，英文和中文其實並沒有太大的差異。

接下來的 come 雖然並未脫離基本意象的用法。不過它和 HOW（以何種方式）在意象上結合的用法卻非常有趣。這種用法相當方便，如能善加運用必定獲益匪淺。

- Janifer's decision to leave her husband came **as a big surprise** to everyone.（珍妮佛跟先生離婚的決定讓大家感到很訝異。）
- This computer comes **with built-in speakers**.（這部電腦配有內建式喇叭。）

· It's excellent but it doesn't come **cheap**.（這非常棒，不過可不便宜。）

　　接下來出個題目考考各位。你能了解下面句子的意思嗎？

· **How come** he always gets the biggest share?（為什麼他總是分到最多？）

　　**How come...?** 是 Why...?（為什麼…？）的口語用法。分析起來就是 how（透過什麼樣的方法）come（什麼樣的事件到來→發生）之意。

　　最後，我們要藉由 to 的幫忙，將焦點鎖定在「**抵達何處**」。

· We have to **come** to a decision.（我們非得決定不可。）

· OK. That **comes** to $12.50.（好。總計為美金 12 元 50 分。）

· I **came** to realize that I had been ripped off.（我發現我被敲竹槓了。）

· How did they **come** to know about it?（他們怎麼會知道？）

進行

　　了解「**到來**」後，接下來看「**進行**」。和 go 一樣，既沒有出發點也沒有目的地，表示動作、狀態的進行、持續。

· Mary is **coming** on much better in her new school.（瑪麗在新學校表現得比過去好多了。）

· "How's Jack?" "Oh, he's **coming** along fine, thanks. He'll soon be up and about."（「傑克好嗎?」「喔，他正在康復中，謝謝。他很快就能下床走動了。」）

## come 的「進行」和 go 一樣，帶有轉變的意思。

· The club always **comes** to life around 2 a.m.（這家俱樂部到凌晨兩點時總是更熱鬧。）

· I'm sure everything will **come** right in the end.（我確信每件事情到頭來都會很順利的。）

· May all your dreams **come** true.（祝你心想事成。）

　　這樣應該沒有問題吧。「移動」自然而然伴隨著「轉變」。不過，或許有些讀者會有所不滿，雖說「go 和 come 兩者都是轉變」，卻沒明確說明指的是哪種變化呀! 別擔心! 詳細

的內容我們會在第 29 頁再詳加說明，那也是相當有趣的喲。

接下來是 come 的最後一項衍生意象。

## 起點

come 與 from 或 out of 等連用，表示**起點**的意思。而且不光是指「出生地」或「出發地點」，還能表現許多不同型態的起點。

· Where does Brad Pitt **come from**?（布萊德‧彼特來自哪裡？）

· Soccer and rugby **came from** England.（足球及橄欖球的發源地是英國。）

· He **came out of** nowhere and attacked me.（他突然冒出來並襲擊我。）

· Mummy, where do babies **come from**?（媽咪，寶寶是從哪裡來的？）

**這**一部分的說明就到此結束。並不需要勉強死記，只要多翻閱幾遍，意象便會自然地深植腦海。如果各位對這樣還感到不滿足，不妨試著背誦上述例句，使其能琅琅上口，這些例句保證都很道地，安心背下來，將會大大地有用。

## ②OK. I'M COMING. 的用法

　　各位是否曾經讀過類似下面的對話?

・"Dinner's ready." "Yes, mum. I'm **coming**."
（「晚餐已經好了。」「好的，媽。我馬上過去!」）

　　雖然句中的意思應該是
「我馬上過去」，對話中卻以
come 來回答。這難道意味著
「英文中的 come 有時候也可
以用來取代 go」? 當然絕不
會有那樣的事。come 表示接

近某地點，而 go 表示離開某地點，這基本意象永遠不會因時
或因地而改變。

　　那麼，為何上句中看來似乎應該回答「我馬上過去」的
語句，卻使用 come 呢? 這是因為作為基準的地點不同的關
係。說 Dinner is ready. 這句話時，話題中作為基準的地點已
經變成母親所在的地方。因為我是要接近話題中作為基準的
地點，所以必須使用 come。

　　覺得「複雜難懂」? 不會吧，其實只是一個簡單的原則而已。

---

**go 和 come 的使用原則**

　　必須依據離開或接近話題中作為基準的地點，區別使用
go 和 come。

一點都不難吧？以英語為母語的人並不是總以自己所在的地點為中心來考量的，有時也會依據話題中作為基準的地點來考量，如果接近該基準點就用 come，如果是離開該基準點就用 go。

　　各位如果已經了解這項特質，接下來就要學習習慣這種用法。

SITUATION 1.

・**Come** here.
・Christmas is **coming**.
・We **came** by train.
・I've **come** to say good-bye.

　　看完上述例句，或許對各位而言仍覺得用 come 是很自然的。話題中作為基準的地點當然是說話者所在的地點。我們再看看下面：

SITUATION 2.

　　傑克是派對的主辦人，他在家裡邊吃飯邊打電話邀請友人參加。

　　We're having a party at the Savoy from 11:00 tonight. Can you **come**?...All right. The others are **coming** around 10:00. See you then. Bye!

　　懂嗎？傑克雖然在自己家裡打電話，可是，當話題中提到派對舉行的場地 Savoy 時，話題的中心就轉以該場地為基準，所以使用 come。

SITUATION 3.

　　亞瑟正在曼谷四處旅遊。他打電話告訴友人他的歸期。

Arthur: I'm arriving at New York on Thursday morning.

Friend: OK. I'll **come** and pick you up.

　　應該完全明白了吧。由於紐約的機場變成話題中作為基準的場所，而接機的友人朝此目標前進，因此用 come。非常輕鬆易懂吧。順便一提的是，此時絕不能用 go，否則別人會問「你要到哪裡去呢?」。

　　以上說明就此告一段落。想必各位不會再為 OK. I'm coming. 而困惑了吧。

### ③移動動詞也能表示變化

　　觀察力敏銳的各位想必已經發現了吧。不只是 go 或 come，多數表示「移動」的動詞都含有「變化」的語意。請參考下述例句。

· Losing all that money quickly **brought** him to his senses.（失去所有錢財後，他很快地恢復了理智。）

· The rivers have all **run** dry.（河流都乾涸了。）

· Her non-stop whingeing is **driving** me crazy.（她不停地抱怨，快把我逼瘋了。）

· Prices have **risen** through the roof.（價格漲翻天了。）

· My mother's **fallen** ill.（我母親病倒了。）

· The danger has **passed**.（危機解除了。）

　　其實這些用法也相當合理，因為「變化」的本質就是「移動」，也就是「狀態」發生移動（變遷）。

　　不過在「移動＝變化」的認知中，稍微有點麻煩的便是 go 和 come。這兩個動詞雖然同樣表示「變化」，但範圍卻截然不同。我們馬上就舉些例子來看看。

· Things were starting to **go** wrong.（事情開始變得不妙了。）

· Things were starting to **come** wrong. (×)

- She **went** berserk.（她氣得抓狂。）
- She **came** berserk.（×）
- The milk has **gone** sour.（這牛奶變酸了。）
- The milk has **come** sour.（×）
- I hope everything **comes** good.（我希望一切順利。）
- I hope everything **goes** good.（×）
- Her dreams **came** true.（她的夢想實現了。）
- Her dream **went** true.（×）
- The flowers are **coming** into blossom.（花朵即將綻放。）
- The flowers are **going** into blossom.（×）

　　看了上面的例句，應該能掌握到大概的感覺了吧!

　　以英語為母語的人會在潛意識中設定理想的狀態。所謂「理想的狀態」是指「好的」、「正確的」、「有秩序的」等情形。go 表示「逐漸遠離理想狀態的動作」，也就是「變壞了」、「錯了」、「腐壞了」、「難以收拾的」等情形。come 則是表示「接近該理想狀態的動作」，也就是「變好了」、「朝正確方向前進」、「事態穩定」等意象。如此說來：

- Things sometimes **go** bad but they usually **come** good again.
  （情況有時會變糟，不過通常會再好轉。）

如此一來，應該可以自然地理解了吧! 最後，再來個總整理。

- **Come on,** you know that's not what you really think.（別鬧了，你明明不是那樣想。）
- **Come, come,** let's not make a scene.（好了，好了，我們別再吵了。）

想必各位看過上面的用法，現在應該知道為什麼要用 come 了吧！希望對方從「胡言亂語的狀態」或是「發生爭執的狀態」回歸常態，回復 (come) 成原來的樣子。

　　順帶一提，"come, come..." 已經是舊式的用法了。

MORE SPECIFIC

# bring

　　看完上述「移動」的原型意象之後，是否有了心得？從極單純的意象衍生出豐富的世界，這正是原型意象的力量。接下來，我們要介紹比原型意象稍微複雜，帶有更為具體意象的動詞。基本上，這些動詞的含義比 come 或 go 單純，因為動詞本身的原型意象較複雜，因此衍生空間自然受限而顯得狹隘。

bring 的基本意象和 **come** 相同。不同的是，**bring** 是伴隨有人或物的移動。

- **Bring** those boys to me at once—I'll sort them out.（馬上把那些男孩帶過來，我會開導他們。）
- I'll **bring** my holiday photos.（我會帶我休假去玩的照片來。）
- The new coach **brought** lots of experience with him.（新教練經驗老到。）

到達

bring 的意象和 come 相同，移動方向也一致。當然，bring 也包括了我們在 come 中所看到的**到達**的意思。

・A magnificent fireworks display **brought** the festival to a close.（壯觀的煙火大會為慶典劃下了句點。）

・I couldn't **bring** myself to do it.（我做不到。）

bring myself to... 表示「將自己帶到某種狀態」的意思。

變化

　　既然 bring 和 come 具有相同的意象，那麼 bring 也有**變化**的意思。

・It didn't take long to **bring** the fire under control.（沒多久就將火勢控制住了。）

・I'll have to **bring** those students into line.（我將必須把那些學生好好整頓一番（使其遵守校規的意思）。）

整整齊齊地，規規矩矩地

**既**然共同擁有一樣的意象，用法相同應該是很理所當然的事吧。

## ④BRING/COME, TAKE/GO

　　我們之前已經再三叮囑 bring 和 come 是具有相同意象的好朋友，可能各位早就聽膩了。不過，我們仍要不厭其煩地再提醒一次。

- John **brought** us his wedding video.（約翰為我們帶來了他結婚時拍的錄影帶。）

- I'll **bring** you a cup of tea later.（待會兒我去倒杯茶給你。）

　　如果各位已經把 come 和 go 意象所表示的方向性弄得一清二楚，應該不難看出 bring 及 take 意象所帶有的方向性也以相同的方法加以判斷。

　　bring 的相對動詞是 take。而 take 的中心意象含有 go 的意思。

- He's **taken** the kids to school.（他帶孩子們去學校了。）

- Could you **take** these books to Mr. White's office?（你能把這些書送去懷特先生的辦公室嗎?）

　　介紹到這裡，以下的例句應該也能運用自如了吧。

- **Take** this dirty glass to the kitchen and **bring** me a clean one.（把這個髒杯子拿去廚房，再拿一個乾淨的給我。）

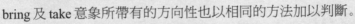

當然基本意象是**跑**的意思。在許多「以徒步方式移動」的動詞（walk 等）當中，以 run 的語意最廣，只要能確實掌握此字的意象，必能獲益無窮。

・She **runs** 5 miles every morning.（她每天早上跑 5 哩。）

首先，我們就延續「跑」的基本概念，從最單純的部分開始探討。

### 衍生成廣義的「奔馳」

中文中「跑」這個字有時也會用在其他方面，當作「奔馳」使用。有趣的是，"run" 的用法也和中文中「奔馳」的用法頗為雷同。

・The shuttle buses **run** between hotel and airport.（接駁巴士在飯店和機場間行駛。）

- There's a train that **runs** all the way up to Taipei.（有一列火車一路開往臺北。）

　　中文中有時也常會聽到以「火車快跑」的說法形容「急速行駛中的火車」。我們再來看看以下幾個 run 較為抽象的用法。

- He **ran** his eyes over the offer and gave his approval.（他看了看這份提案後便批准了。）
- Horror movies always make shivers **run** down my spine.（恐怖電影往往令我毛骨悚然。）

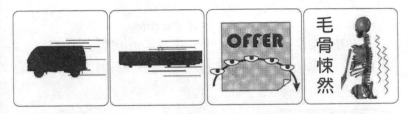

　　我們也經常會說：「全身雞皮疙瘩都跑出來了！」不是嗎？接下來，精采好戲就要登場了。

### 線狀

　　run 也可以用在不會移動的**線狀物**上。

- The road **runs** parallel to the river.（這條路與河流平行。）
- A bicycle path **runs** around the entire campus.（腳踏車道環繞著整個校園。）

　　人或車本來就會在 road/path 等上來來往往，因此**隱約就會和移動聯想在一起**。

- Someone left the tap **running**.（有人讓水龍頭的水一直流。）
- I hate it when my nose **runs**.（我討厭我的鼻水流個不停。）

水龍頭的水和鼻水的情形都一樣，流個不停的水及鼻水都會使人聯想到線狀移動。

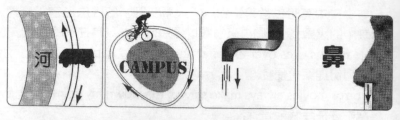

　　接下來考考大家，下面例句是什麼意思呢？

・He can't go out because he**'s got the runs**.

　　正確答案是「他因為拉肚子，所以無法出門」。這個例句之所以用 run 並不是因為成線狀移動，而是因為他跑了好幾趟廁所，所以句中用了 run**s**。

### 變化、運轉

　　run 這個字最麻煩的一點就是，「跑」的基本意象「快速的用腳**前進**」已被簡化成單純的「**一直向前進**」的意思。這樣的衍生方式就如同我們在 go 的部分中曾經說明的一樣，「一直向前進」會衍生出「**變化**」、「**運轉**」等各種意思。

　　首先就從「**變化**」這個部分開始說明。

・If the well **runs** dry, we're in big trouble.（如果水井乾涸的話，我們就麻煩大了。）

・We've **run** out of milk.（我們沒有牛奶了。）

　　接下來說明「**運轉**」這個部分。

・I left the lawnmower **running**.（我讓割草機運轉著。）

・He **ran** the engine of his Alfa and it purred like a cat.（他發動

他的 Alfa 汽車後，引擎發出像貓叫般的低沉顫動聲。）

與 go 一樣，要注意 run 也用於不跑及不移動的狀況下。

割草機運轉

想必各位現在對 run 已經略為了解了。那麼，大家對我們經常聽到的 **run** a restaurant（**經營一家餐廳**）的意思是否已經可以理解呢？各位應該知道答案才是。上面的 run the engine 是指「發動引擎」，run a restaurant 的用法其實和上面的例子相同，是指去 run 一家 restaurant 的意思，也就是**使其運轉**之意。run a hotel/language school/business 等都是同樣的用法。不用刻意去死記「經營」、「營運」等複雜的中譯。

· Who is **running** tomorrow's meeting?（明天的會議由誰主持？）

這個句子中的 run 無法譯成「經營」吧。請各位讀者自行細心體會「使其 run 起來」的真正含義。再來，我們看看：

· She's old enough to **run** her own life.（她已經到了可以自己決定人生的年齡了。）

上面這個例句中 run 的用法，你也一定要學會喔！

run a restaurant

人生

　　drive 這個字大家最為熟悉的用法莫過於「駕駛（汽車）」。但是，這個用法與 drive 的基本意象卻不太一樣，drive 的基本意象應該是**加諸力量使其移動**的意思。

・The dogs **drove** the fox into the open.
　（狗兒們將狐狸追趕到外頭。）

・The demonstrators were **driven** back by the powerful hoses.
　（示威群眾被強力消防水管（的水柱）逼得節節後退。）

・We'll need a hammer to **drive** the tent pegs into this hard ground.（我們需要一把槌子將帳篷的樁釘敲入這堅硬的地裡。）

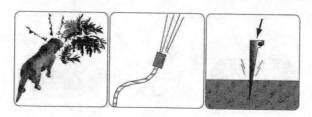

　　你瞧！每個句子都讓人感受到力量了吧？接下來，我們來

點難一點的!

· This math homework is **driving** me **crazy/nuts**. (這數學作業實在令人抓狂。)

　　想想看，數學作業變成「力量」的來源，正逼著我，可以理解吧!

· **Driven** by jealousy, Othello killed Desdemona. (奧賽羅出於嫉妒殺了戴絲笛蒙娜。)

如上所示，drive 也可以不受限地用以指**心理的力量**。那麼，出個問題考考各位，下面的句子是什麼意思呢?

· What are you **driving at**?

　　這句話是指「你用意何在?」。對方一定是想傳達什麼意思，但卻表達得亂七八糟。雖然使盡了「力量」來說明，但卻還是不得要領，令聽者一頭霧水。因此聽者才會問他「你的重點到底在哪裡?」(順帶一提的是，at 指涉著重點，故有「請將重點說出」的意思)。

「移動」的意象並不侷限於像 go 一樣都是做水平方向的移動，接下來我們要介紹的 rise 這個字便是向「上」做垂直移動的代表性單字。

・The colorful hot-air balloons **rose** majestically into the sky. （彩色的熱氣球壯觀地升上天際。）

「站起來」的用法應該也不難理解吧。

・All **rise** for the queen. （全體起立向女王致敬。）

了解 rise 的基本意象後，我們來想想下面例句的意思。

・I love how Gothic cathedrals seem to **rise** heavenwards.

就是「我喜歡哥德式大教堂高聳入天際的模樣」。rise 並不是指大教堂會變成火箭飛入空中，而是描述它向空中直直伸展的樣子，給人好像快要「上升」的感覺。

### 衍生意象

「上升」的意象並不侷限於具體的事物，其衍生意象正好與 up 的意象相類似。首先就從較簡單的用法開始說明。

### 比喻性的「上升」

- Still today, it's tough for women to **rise** to the top of their profession.（直到今天，女性要晉升到高階主管的地位還是很困難。）
- The Spice Girls **rose** to fame very quickly.（辣妹合唱團很快就成名了。）
- My cholesterol level has **risen** since last year.（我的膽固醇指數從去年就升高了。）

看起來是不是和中文的「上升」意象非常相近呢？

### 增多

請看左圖。如果以容器的角度來思考的話，將會發現「上」其實與「量的增多」是一體兩面，那是因為體積也跟著變大了。金額、數量、音量等方面都

會因為「向上」而增加。

- If the dollar continues to **rise**, our exports will suffer.（如果美元持續走高的話，我們的出口業將會蒙受巨大損失。）
- The cost of petrol **rose** by 3p today.（今天汽油的價格上漲了3便士。）
- The temperature is **rising**.（溫度逐漸上升。）

　　看吧！是不是增加了呢？中文也有相同語感的用法。

活潑

　　接下來的用法可能不是那麼容易理解。心情或意識等的「向上」，會形成**心情好或精神奕奕**的狀態。

　　首先就從**「心情好」**開始說明。中文中也有以「飛到雲端」、「雀躍不已」等字句形容心情爬升到最高點的用法。

- Her spirits **rose** when her husband regained consciousness.（當她的丈夫恢復意識後，她變得精神奕奕。）

　　不光是 rise（向上），**in high spirits**（心情極佳），**over the moon**（非常高興），**cheer up**（振奮情緒）…等也與好心情息息相關。擁有相同意象的單字其衍生意象也會很類似。

rise 所衍生的語意不只是「心情好」、「精神奕奕」，也會衍生出「**有意識**」的語意。當然，在睡覺或是失去意識的狀況下，談不上「精神奕奕」，因此，也由此衍生出 rise 可當作「起床」的語意。

- My grandfather usually **rises** at dawn. （我祖父經常在黎明時分起床。）

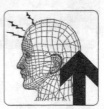

如此說來，也有 wake up（起床）這種說法。這也是由「無意識的不活潑狀態」up 起來而衍生出的用法。

最後還有一項重點，rise 也有「**復活**」的意思。但是，各位對這個語意應該不會感到意外了吧。

- Alleluia! Christ is **risen**!（哈利路亞！ 耶穌復活了！）

上述例句中的 rise 是指由死這種不活潑的狀態轉為活潑的狀態，即為「復活」。

**那**麼，rise 的說明就到此結束。不過，有一點希望各位記住的是，如果我們對意象的世界加以深入了解的話，將會發現其實中文與英文基本上是相通的！ 不要被英文與中文外表的不同所矇騙了，不論是哪一國人，內在的想法都是類似的，請各位輕鬆地運用意象來學習英文吧！

基本意象

fall 這個字各位都很熟悉，是向「下」移動的代表性單字。

・Be careful or you'll **fall**－the roof's very slippery. （小心點，不然你會掉下去喔。屋頂很滑呢。）

當然也有「**跌倒**（由直立的狀態變成橫躺的狀態）」的意思。因為「跌倒」也代表向下移動的意象。

・I'm amazed the girls don't **fall** flat on their face with those high-heeled shoes. （我很訝異那些穿著高跟鞋的女孩們居然不會跌倒。）

要得心應手地使用 fall，就端看是否能夠靈活運用以下的衍生意象。fall 的意義之所以複雜是因為它和「向上」一樣，本身就含有多重意義。

### 減少

　　首先是減少，意義與「上＝增多」正好相反。

- Interest rates have **fallen** dramatically. （利率暴跌。）

- I'll be glad when the temperature begins to **fall**—this is unbearable! （如果溫度能夠下降些就好了，這種天氣實在是難以忍受！）

- The crowd **fell** silent. （群眾靜下來了。）

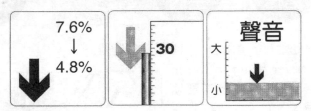

### 不活潑

　　有趣的是，與 rise（上）相反，fall（下）會與心情不佳、有害健康等**不活潑的狀態**連結在一起，在中文裡也有「消沉」等類似的說法。

- Her spirits **fell** when she learned that she had failed. （當她知道自己落榜後，便失魂落魄。）

- He **fell** ill suddenly and died two months later. （他突然病倒，

兩個月後便過世了。）

　　當然，與「上」相反的 fall，也有「**進入無意識狀態**」之意。

・She **fell** asleep as soon as her head hit the pillow.（她頭一碰到枕頭就睡著了。）

　　就如同 rise 有「復活」的語意一樣，fall 則表示「**死亡**」，可以說是「不活潑」意象的最終極語意。

・How many thousands **fell** during the World War II?（第二次世界大戰中有多少人喪生？）

　　其他還有各種用法，但都不會很困難。

・I'm never going to **fall** in love again.（我再也不要談戀愛了。）

・My birthday **falls** on a Saturday this year.（我今年的生日是在星期六。）

　　是不是所有的句子都有「掉落」的語感呢？

**請**各位再仔細回想對照一下 fall 與 rise 的差異。相反的意象就會有相反的語意。想必各位已深刻了解單字的意義的確受到意象的支配。

**MORE SPECIFIC**

# advance

advance 為「向前方移動」之意。

- The rowdy supporters **advanced** towards the stadium entrance.（惡形惡狀的球迷往球場入口處走去。）

稍微用中文來思考的話就會了解，「前進」也和「上」、「下」一樣擁有複雜的意義，甚至有過之而無不及。

### 前景一片光明

不可思議的是，不論是英文或是中文，我們都可以感受到「向前方移動」含有非常「好」的語意。讓我們看看下述的語意，「進步、進度、發展、地位的提升」等，全都是帶有正面意義的語意。

- Communications technology is **advancing** at an astonishing rate.（通訊技術正以驚人的速度進步中。）

- Our investigations are not **advancing** as well as I'd hoped.（我們的調查進度不如我預期迅速。）
- Robert quickly **advanced** to an executive position in the company.（羅伯特很快的就晉升到公司管理階層的職位。）

　　其他帶有「向前方移動」含義的單字也具有相同的語意。

- Landing on the moon was a "great step **forward** for mankind."（登陸月球「對人類來說是一大步」。）
- He is well **forward** with the work.（他的工作進度很快。）

由以上二例可以明顯感受到「向前方移動＝好」的語感吧。順帶一提，**forward-looking**（向前看）等也帶有「好」的語感。

時間

　　向前方移動很容易和「**時間**」聯想在一起。

- The deadline has been **advanced** so we all have to work overtime.（由於截止日提前了，因此我們全都必須加班。）

　　向前方移動，指的就是「提前」。各位是否也可以從下面的例句中感受到「時間」呢？

- I asked the boss to **advance** me a month's salary.（我向老闆預支一個月的薪水。）

　　我們也可以了解為什麼 advance 的名詞解釋是「預付款」

的原因了。

## 基本意象

recede 為「**向後方移動**」之意。各位可以想像其衍生意象嗎?

· Chris's hair began **receding** at an early age.(克里斯年輕時就開始禿頭了。)

## 衍生意象

### 後面一片灰暗

相對於「前景一片光明」，**recede** 代表的是「後面一片灰暗」。帶有「後面」語意的單字往往具有負面的含義。例如: a **backward** nation 指的是「落後國家」，**backward** in math 則是「數學跟不上」等，這兩個例子都帶有負面否定的含義。

· I've **fallen behind** with my credit card payments again.(我又

遲繳信用卡帳單了。）

· Concerning our attitude to people with AIDS, we are quite **backward**.（就我們對愛滋病患的態度而言，我們仍有待改進。）

　　recede 之所以除了一般「向後方移動」的意義之外，還具有負面含義也是基於這樣的理由。

· The workers' spirits fell as hopes of saving the factory **receded**.（由於拯救工廠的希望愈來愈渺茫，工人們顯得無精打采。）

· England's chances of victory **receded** with the sending off of Beckham.（貝克漢一退場，英國隊勝利的機會便更加渺茫了。）

　　recede 的名詞 **recession** 用以表示「景氣衰退」，也具有相同的意象。

• **Fetch** the bone, Rocky!（洛基！去把骨頭撿回來！）

　　這個動詞的基本意象最常使用在「狗」的身上，也就是把骨頭丟出去，要狗去「撿回」(go/bring) 的動作。當然，也可以用於下列兩例。

• **Fetch** my briefcase from the study, will you?（可否請你幫我把書房中的公事包拿過來？）

• Someone **fetch** a doctor!（來人哪！趕快去叫醫生來！）

fetch 也可以用在人的身上。這是英國人常用的表達方式。

MORE SPECIFIC

# pass

基本意象

行
經
路
線

pass 並不是漫不經心地前進，通常伴有浮現出**行經路線**的語感。沒錯！就是指通過了哪裡，由哪裡到哪裡的行經路線。換句話說，在 pass 的句子中必須表示出行經路線。如果沒有表示出行經路線，只有說出：

They **passed**. (×)

會讓對方一頭霧水，不知所云。pass＝**行經路線**，這正是 pass 的重心所在。

衍生意象

如果能夠了解 pass＝行經路線的基本意象的話，接下來就很簡單了。只要牢記 pass 代表行經路線即可。以下列出幾個例句。

· Turn left after **passing** the hospital. （經過醫院後左轉。）
· We **passed** this pub 15 minutes ago－we're going round in circles! （15 分鐘前我們才經過這個酒吧，我們在繞圈子嘛！）
· We have to **pass** immigration first. （我們必須先通過入境管理

處。）

　　左圖為 pass 一般最典型的型態，**經過某個場所的行經路線**。當然，並不一定非得是醫院或是酒吧等具體的場所。

- The number of road fatalities has already **passed** the 200 mark.（車禍死亡人數超過了 200 人。）

- She **passed** her driving test.（她通過了駕照考試。）

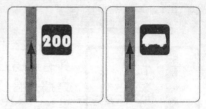

　　以下再多舉幾個例句。請在腦海中確認 pass 是否總是與「行經路線」連用。

- We'd better wait for the crisis to **pass**.（我們最好靜待危機過去。）

- It was a stupid remark but he let it **pass**.（雖然這個意見很愚蠢，但他居然採納了。）

- Time **passes** quickly when you're having fun.（快樂的時光總是過得很快。）

　　在猜謎的時候，大家常說的 "pass" 也是相同的用法。

- "What's the capital of Jamaica?" "**Pass**."（「牙買加的首都在哪裡?」「放棄。」）

彷彿有讓問題從身旁通過的感覺。

有關經過某個場所的行經路線，想必各位已經充分理解。最後再舉一個也深具代表性的 pass 行經路線吧！那就是在說話者與聽話者之間的行經路線。這樣的寫法看起來似乎不太容易了解，其實非常簡單，各位在踢足球時也常用到，「喂！你拿到球就趕快 pass 過來」。

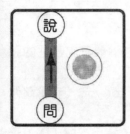

・**Pass** that round dish, please.（請將那個圓盤子遞過來。）

## 基本意象

支撐

這是表示「運送」最具代表性的動詞。

- I'll **carry** your bag for you. （我會幫你把皮包拿過來。）

carry 的基本意象是「**支撐（帶）著什麼＋移動**」，也就是「**hold＋移動**」之意。bring 的語意中帶有 come（來）的方向性，但 carry 卻不帶有任何特定的方向，往哪個方向皆可。

用 carry 表示動作的進行時，也不限於人，也可用在電梯、車子等方面。

- The old elevator can **carry** a maximum of 4 people. （這部舊電梯最多只能搭載 4 個人。）

此外，carry 也可用在抽象的事物上。

- Natural talent plus hard work **carried** him to where he is now. （天資聰穎再加上勤奮工作使他爬升到現在的地位。）
- I **carried** the message to him. （我將這個消息傳達給他。）
- Mosquitoes **carry** malaria. （蚊子傳染瘧疾。）
- The Customs officers caught two men **carrying** drugs. （海關人員逮捕了兩名攜帶毒品的男子。）

carry 的用法很廣吧！

衍生意象

移動的淡化

請看左圖。這個動詞最令人討厭的地方就是過分重視「支撐（帶著）」這個部分的語意，導致「移動」的意思逐漸被淡化了。

• The new headmaster's voice **carries** a ring of authority.（新校長的聲音帶有一種威嚴。）

• I had a bad time when I was **carrying** Susie.（我懷蘇西時很辛苦。）

上述例句當中，都把重點放在「帶著」，不太感覺得到「移動」的意思。如下的句子更為極端，完全不帶有「移動」的意思。

• The old bridge can only **carry** up to two tons in weight.（這座舊橋最多只能承載兩噸的重量。）

• These two pillars **carry** the whole roof.（這兩根柱子支撐了整個屋頂。）

這是不是只剩下「支撐」的意思呢？

# put

暫時喘口氣吧！以下我們不再探討單純的移動動詞，接下來介紹的「移動」動詞，其意象均已經過某種程度的轉化。

· **Put** the fruit on a plate.（把水果擺在碟子上。）

我們在學校都學過 put＝「放置」的意思。「放置」感覺上好像必須把物品擺在平坦的地方，但 put 並不受限於此。

· Don't **put** any milk in my tea.（我的茶不要加牛奶。）

· We're going to **put** spotlights on the ceiling.（我們要把聚光燈裝在天花板上。）

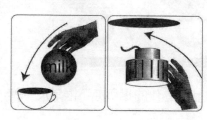

請仔細想想「什麼東西／什麼場所／移動」的結構。當然，雖說 put 具有「移動」的本質，但並非移動很長的距離，基本上是近距離的移動。

## 衍生意象

　　put 這個動詞的語意並沒有擴展到令人頭痛的地步。其衍生意義的範圍只在「**什麼東西／什麼場所／移動**」。以下就分別說明這三項內容。

　　首先來談談「**什麼東西**」。put 動作的對象並不限定於物品。

- We'll put **Ken** in the beginner group.（我們將把肯編入初級組。）
- Put **your signature** here.（請在這裡簽名。）

誠如上述例句中所顯示的，put 動作的對象也可以是人或文字等，並不一定得是具體的事物。

- Don't put **so much emphasis** on social status.（別太強調社會地位。）
- The bank has put **a $300 limit** on my credit card.（銀行把我的信用卡額度限定為 300 美元。）
- My parents always put **pressure** on me to come top of the class.（我的父母總是給我壓力要我在班上名列前茅。）

　　接下來是「**什麼場所**」。put 動作的場所亦不限定於具體的場所。

- I'm putting you **in charge of the investigation**.（我派你負責

調查。）

· By refusing to cooperate, you put all our lives **at risk**. （由於你拒絕合作，結果讓我們身陷危險。）

· It's a great idea but difficult to put **into practice**. （這雖然是個不錯的想法，但很難付諸實行。）

你們看！用法是不是毫不受限呢？

最後要說明的是「**移動**」。put 並非只是簡單的擺放而已。

· I'll have to **put** a sign on the front door. （我必須在前門掛個招牌。）

· He **put** a gun between my eyes. （他用槍抵在我兩眼之間。）

· As Mark Twain once **put** it.... （就如同馬克·吐溫曾經說過…。）

· **To put it simply**, you pay me the money or I send these photos to your wife. （簡而言之，看你是要付錢還是要我把相片拿給你老婆看。）

如上面例句中所表現的，put 甚至帶有掛、抵在、寫出…、說出…等各種「移動」的含義。

請各位「放輕鬆」學習，不要受限於中文的「放置」，要以自己的感覺為準。

　　對了! 有一件事忘記說了。請想想看下面的句子。

· Peter put them. (X)

· Peter put in here. (X)

　　以上二句都是有問題的句子。已了解 put 用法的各位應該很快就感覺到這兩個句子的不自然才是。沒錯! put 的用法是「什麼東西／什麼場所／移動」。看到像 "Peter put them." 這樣的句子，你一定馬上就會問「咦! 要放在哪裡?」，千萬別忘記 put 的三要件喔!

# leave

「移動」基本上必須由兩個基本動作構成，亦即必須含有「出發」與「到達」。首先就從 leave（離開）這個動詞開始說明。

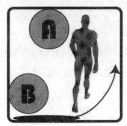

- It's tough **leaving** a place you love.（要離開自己喜愛的地方是很困難的。）

　　leave 指「A 離開 B 場所」之意。leave 的用法之所以很廣泛是由於語意的重點有時放在 A，有時放在 B 之故。

首先來看看**把焦點放在 A 的情形**。強調的是「離開」這個行為。

- They **left** just before midnight.（他們在

午夜 12 點之前離開。）

leave 可以指從一般場所離開的情形，也可以指從活動、關係等
「離開」的情形。

- He **left** school when he was 16.（他 16 歲時就輟學了。）
- Why did you **leave** your job?（你為什麼離職呢?）
- He **left** his wife for a younger woman.（他為了一名年輕女子
  而離開他老婆。）

　　其次我們來談談**把焦點放在 B 的情
形**。當 A 從 B 離開之後，在 B 留有「剩
下來」的語感。

- 6 from 10 **leaves** 4.（10 減 6 等於 4。）
  　　各位是否能夠體會 leave 的語感了

呢? 我們再繼續往下看!

- Nothing was **left** but a few stale sandwiches.（只剩下一些乾
  巴巴的三明治。）
- Is there any apple pie **left**?（蘋果派有沒有剩?）

　　各位應該都能從上面所有的例句中感受到 leave 含有「剩
下」的感覺。若是將必要的東西、重要的東西「留下」的話，
中文中會說「將…忘在…」，但其實意思是一樣的。

- I've **left** my keys in the ignition.（我不小心將鑰匙留在車上的

鑰匙孔裡。）

　　此外，「剩下來」的語意還會演變成「就這麼放著、不去管它」，也就是什麼都不做「任由其維持原來的狀態」之意。

· **Leave** the light on.（就讓燈一直開著。）

· I'm going to have to **leave** this: I'm too full.（我放著這個不吃，我吃得太飽了。）

　　如果各位都已經理解了之前的說明，那麼了解下面這種表達方式應該不會有問題。

· **Leave** everything to me.

　　這句話的意思是「全都交給我，我會把它辦好的」。

　　　　　reach 的基本意象是**將手伸出去觸碰**。

- I need a ladder to **reach** the top shelf.
  （我需要一個梯子才搆得到書架最上層。）
- Can you **reach** me the stapler?（你可不可以幫我拿訂書機來？）

　　加上 "for" 之後，就表示以手去拿目標物。

- Suddenly, he **reached for** his knife and slashed at my face.
  （突然間，他抓起刀子劃過我的臉。）
- Don't sell yourself short. **Reach for** the stars.（不要小看自己，乘夢追尋。）

　　reach 也可以用在抽象的事物上。

- Has the jury **reached** a verdict?（陪審團已經做出判決了嗎？）

如上所述，reach 的用法相當廣泛，而且沒有什麼太難的地方，全都在大家可以理解的範圍內。

## 衍生意象

　　從上述 reach 的基本意象中，很快地衍生出了大家都熟知的「到達」的意思。

· We should **reach** the hotel by 6:30.（我們應該在 6:30 前到達飯店。）

　　可以理解接下來這個句子嗎？

· You can **reach** me at this number.

　　這句話是說「你打這個號碼就可以聯絡到我」。就是 communication「到達了」之意。

· Where can I **reach** you?（我要打到哪裡才能聯絡到你？）

各位也可以輕鬆自如地運用此種用法。

## arrive

　　arrive「到達」。譯成中文後的意義雖然與 reach 相同，但 arrive 原本就含有「到達岸邊」的語感，所以各位可以了解為什麼旅行時用的「到達」通常都用 arrive 的理由了吧！在機場不是也常看到 arrivals（入境）的標示嗎？

· Most of the guests have already **arrived**.（大部分的客人都已經到了。）

　　常會被人問道：「既然 reach 及 arrive 的意思都是『到達』，

為什麼在用法上卻有 reach the hotel 及 arrive at the hotel 的不同呢?」各位仔細想想應該可以了解。reach 的基本意象是手伸出去碰觸,沒錯吧。所以, 該動詞的意象中已包含了場所。另一方面, arrive(參見右圖)僅單單表示「發生了『到達』這件事」。因此, 需要加上一個表示「在哪裡發生這件事」的介系詞(in 或 at)。

　　有許多事物都可以使用 arrive 來表示「到達」。

- This registered letter **arrived** for you a few minutes ago. (這封給你的掛號信在幾分鐘前送達。)
- Summer has finally **arrived**. (夏天終於來了。)
- Hi, Jean! Just to tell you that the baby **arrived** at 6:45 a.m. (嗨,琴! 我要告訴妳小嬰兒在早上 6:45 誕生了。)

**對**於「表示移動的動詞」的說明就到此為止! 任何單字只要了解其意象應該就能夠融會貫通。

　　好吧! 就照這樣的感覺進行下去吧! 接下來我們要談的是「變化」, 是與移動有密切關係的動詞。

# 2.

## 表示變化的動詞

## 表示變化的動詞

　　表示「變化」的動詞意義都不會很複雜難懂。接下來我們將挑選幾個常用的動詞來說明。請各位放鬆心情來學習。

# CHANGE

## 基本意象

change 是用以表示「變化」最常見的動詞。請輕鬆地運用這個動詞。

- She's **changed** a lot since I married her.
  （自從我娶了她之後，她改變了很多。）

## 衍生意象

change 的改變不光用於形狀或性質，也可指計劃、態度、想法，總之任何事物的改變都可以用 change 這個動詞。只要是產生了變化就可以用 change，真是個萬能的字彙！

- Tadpoles **change** into frogs.（蝌蚪變成了青蛙。）
- The timid Clark Kent **changed** into...SUPERMAN!（膽小的克拉克·肯特變成超人了！）
- If it's an acid the litmus paper will **change** from blue to red.
  （如果是酸性的話，石蕊試紙會由藍色變成紅色。）

　　如上所示，change 也可以用在**外觀突然改變**的情況下：

・Our schedule **changed** suddenly.（我們的預定計劃突然改變
　了。）

・Our itinerary **changed**.（我們的行程改變了。）

　　以上的例句顯示 change 也可以用來表示一般事物的**更動**。
除此之外，也可以用來表示**更換**之意，如以下兩例所示。

・I'm going to **change** my Macintosh for an IBM.（我打算將麥金
　塔換成 IBM。）

・Can you **change** the fuse in this plug?（你可不可以幫我更換
　插頭裡的保險絲?）

　　你瞧！只要是變化，都可以安心地使用 change 喔！最後就
以旅行英文會話手冊中常見的例子做個結尾吧！

・I'd like to **change** my yen into pounds.（我想將日幣兌換成英
　鎊。）

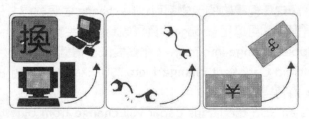

**MORE SPECIFIC**

# become

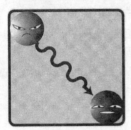

become 通常由外形上即可了解其意義。沒錯,就是 **come to be~**(逐漸變成~)之意。雖然這也是一個表示變化的動詞,但其中帶有「時間經過」的感覺。

· Chris's students **became** more and more bored as the class went on.(克里斯的學生覺得這一節課越來越無聊。)

## 衍生意象

如果把 become 當成 come to be 來思考的話,become 的意義就不會很難懂了。

· The growing hole in the ozone layer is **becoming** a real danger for the planet.(臭氧層破洞的持續擴大,漸漸對地球造成威脅。)

· She is studying hard to **become** a lawyer.(她為了成為一名律師,一直很努力。)

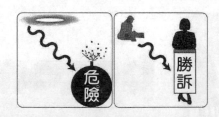

看似很簡單的 become 只有一個很麻煩的用法。各位了解下面例句的意思嗎?

a. That pink suit certainly **becomes** her.

b. Brawling in the streets does not **become** a gentleman.

這是稍微正式的用法，其意思是**適合 (suit)**。為什麼會有這種用法呢? 請大家想像一下。例句 a 若照字面上來解釋的話，會變成「粉紅色的套裝變成她」，換句話說，也就是指套裝成為她的一部分（好像成為她的一部分般地適合她）。例句 b 也是一樣。在街頭吵架不能成為 gentleman 的一部分，亦即這不是 gentleman 該有的行為。這種用法很有趣吧!

MORE SPECIFIC

# grow

基本意象

grow 為**成長**之意。

- His feet **grow** so quickly—costs me a fortune in shoes!（他的腳長得好快，買鞋子花了我不少錢呢！）

　　基本上，這個動詞通常都用在生物方面，非生物不易與成長聯想在一塊。因為其他東西像是馬桶刷也會慢慢成長的話，那就太可怕了。

- It's amazing how a tiny embryo can **grow** into a person like you and me.（小小的胎兒也會長到像你我一樣大，真的很不可思議。）

衍生意象

增大

　　「發育、成長」通常與「**變大**」息息相關。一般來說，生物的成長通常伴隨著體型的逐漸長大。中文不是也有以

「你長大了」來表示「成長、成熟」的說法？這個「長大」的意象也可進一步想像為「尺寸」及「量」的變大。

- The small town I knew as a boy has **grown** into a city. （我兒時所熟悉的這個小鎮已經發展成一個大城市了。）

　　當然，grow 的成長未必一定要有具體上的規模擴大。

- Mark's import-export business is **growing** fast. （馬克的進出口生意成長快速。）

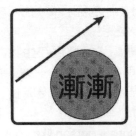

### 漸漸地

　　請大家仔細想想「成長」這個字的語感。所謂「成長」是不是在某個時候「砰！」地一下子突然長大呢？應該不是這樣吧！這個字其實帶有濃厚的「漸進地且需要一段時間」的語感。

　　下面的例句中，grow 都帶有「**愈來愈～**」的意思，各位不會再感到詫異了吧！

- It **grew** colder and colder as we travelled further north. （我們愈往北方旅行就感到愈冷。）
- My father **grew** impatient as he listened to my weak excuses. （當父親聽著我那不成理由的藉口，他愈來愈不耐煩。）
- The students **grew** nervous as their finals approached. （隨著期末考的逼近，學生們愈來愈緊張。）

# develop

基本意象

develop 是眾所皆知的單字，一般將其譯成「發達、發展」。不過，各位能夠掌握其真正的意象嗎？以下就多舉幾個例句，以利各位理解。

· Obviously children **develop** better with good nutrition.（很顯然地，小孩子營養充足就會長得好。）

· The Body Shop **developed** from a cottage industry to a multi-national company.（美體小舖由家庭工業發展成跨國企業。）

· A trivial misunderstanding can so often **develop** into a bitter argument.（小小的誤解常會演變成嚴重的口角。）

· Attention all shipping: a storm is **developing** in the Sea of Okhotsk.（所有航行中的船隻請注意：暴風雨已經在鄂霍次克海逐漸生成。）

　　以「發達、發展」來詮釋上面各句中的 develop 並無太大的問題，但希望各位在解讀上能再賦予一種「**由裡向外發散**」的語感。develop 並非單純的「變化」，並不是咻地一變就變成，其具有將原本**潛藏在內在的素質、可能性逐漸醞釀出來的語感**。上面第一個句子中，並不是指小孩子一夕之間長大成人，

而是指小孩子發揮了本身原有的潛能。如此一來，第三句及第四句的語感是不是也不難理解了呢？如果將 develop 替換成 change 的話，總覺得有點格格不入吧！

## 衍生意象

　　其實以「發達、發展」來定義 develop 也可以，之所以還要再三說明，主要是因為 develop 有許多用法光用這樣的中文去解釋還是艱澀難懂。首先，我們來看看下面的例句。

• I can't wait to get this film **developed**. （我等不及拿這卷底片去沖洗。）

　　各位知道為什麼「沖洗相片」時用 develop 這個字嗎？沒錯！沖洗相片就是將原本拍在底片上的東西「**由裡向外顯現出來**」的動作。

　　再看看下面二個例句。

• He **developed** AIDS after a blood transfusion. （他在接受輸血後得了愛滋病。）

• Engine trouble **developed** during the 25th lap causing Hill to retire. （跑到第 25 圈時引擎發生故障，使得希爾不得不棄權。）

　　以上兩句也有「疾病、故障」是「**由裡向外顯現**」，然後逐漸加劇的語感，不是嗎？

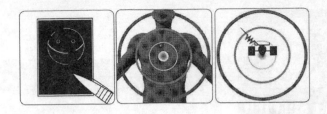

　　各位應該已經能夠抓住這樣的語感了吧！那麼你如何解讀
下面這句話？

· He **developed** flu.

　　如果體會得出這句話的意思就很了不起喔！一般對 flu（流
行性感冒）的印象是外來的感染，並非從身體當中產生，但這
裡的意象是「病情由裡向外顯現」，這句話的奇特之處就在這
裡。

相對於 change 表示單純的「變化」，improve 則表示事情**朝著好的方向變化**，亦即變得更為美好、更為有價值。

- Your English has **improved** a lot.（你的英文進步很多。）

　　這個單字是一般用以表示「朝向好的方向變化」，是相當常用的字。例如：

- He's **improving** in math but not in history.（他的數學雖然進步了，但是歷史還是不行。）

- I'm glad to say her condition has **improved** since last night.（我很高興昨晚她的情況好轉了。）

- Even with privatisation, the rail service hasn't **improved** one iota!（儘管實施了民營化，但鐵路服務還是一點也沒有改善。）

雖然上述例句的中譯不盡相同，但 improve 均朝著好的方向變化。此外，不光是只有朝著好的方向變化的意義，improve 這個字也有**改善了原本較差、不完善之處的含義**在內。a new **improved** washing powder（一種改良的新洗潔劑），這種用法經常出現在廣告傳單中。

MORE SPECIFIC

# increase,
## decrease

基本意象

增加

表示**增加**的變化。

- Our annual profits **increased** from 60 to 73 million.（我們每年的利潤由 6,000 萬增加到 7,300 萬。）

　　increase 是表示「增加」時最常用的單字。increase 沒有什麼奇特的用法，不論是數量、尺寸、價格等各種情況下均可適用。

- Whatever we do, we can't **increase** the price.（無論如何，我們不能提高價格。）
- That will **increase** the risk but also the potential reward.（那不只會增加風險也會增加報酬。）

除了上述較具體的用法之外，還有以下用法：

- **Increase** the difficulty gradually or the students will lose heart.（如果不慢慢增加難度，學生們會失去鬥志。）

像這種抽象的增加也可以用 increase。

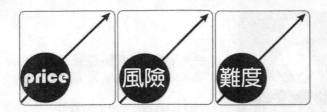

## decrease

增加的相反就是**減少**。decrease 是表示減少最常用的單字。

· The number of road fatalities **decreased** by 35 last year.（去年車禍死亡人數減少了 35 人。）

decrease 也可用以表示**抽象的減少**。

· His popularity has **decreased** since news of the scandal broke out.（自從醜聞被公開之後，他的支持度便降低了。）

· Interest in politics has **decreased** markedly among students.（學生對政治的興趣很明顯地降低了。）

# extend, expand, spread

## 基本意象

屬於「增加」動詞群之一。雖然籠統地歸類在「增加」，但依「增加的是什麼?」，也有各種不同的類型。這裡的 extend 為**長度的增加**。「延長線」的英文不就是 extension cord 嗎?

· We've **extended** the kitchen.（我們將廚房加寬了。）

讓我們再說明得更詳細一點吧! extend 就是將原本的東西再加上一點的語感。在電話主機之外再設立的分機不就是用 extension 嗎?

## 衍生意象

road 等具體的事物使用 extend 這個動詞當然沒有問題，連時間等**抽象的事物也可以使用 extend**。

· I argued for ages but they refused to **extend** my visa.（我與他們爭執了很久，但他們還是拒絕延長我的簽證。）

· We're hoping to **extend** our business into the Asian market.（我們打算將生意擴展到亞洲市場。）

以下是常見的用法，但一般人往往不會想到這種表達方式，你知道是什麼意思嗎？

· I'm afraid my generosity doesn't **extend** that far!（我擔心自己沒有辦法那麼寬宏大量。）

· Let's **extend** a warm welcome to our friends from Japan.（讓我們熱烈地歡迎來自日本的朋友。）

　　沒錯，extend 的中文翻譯的確千變萬化。總之，extend 是個很好用的動詞。

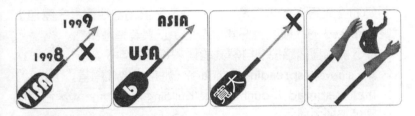

## expand

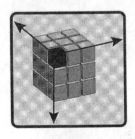

　　expand 這個動詞與 extend 雖然很類似，但 extend 的意象是長度，expand 的意象則是**面積或 3D 等立體的感覺**。

· It's fascinating to watch the enormous balloons **expand** as the air inside them is heated.（欣賞巨大的氣球加熱後膨脹升空很有趣。）

· Our aim is to **expand** our chain of restaurants across Europe.（我們的目標是將餐廳連鎖店擴展到歐洲。）

　　因為上面二個句子的意象都是 3D 或面積，因此要用 expand。

# spread

· Paul **spread** marmalade thickly on the hot buttered toast.（保羅塗一層厚厚的橘子醬在熱騰騰的奶油土司上。）

　　spread 一般都譯成「擴散、傳開、抹上」等意思，和 extend 的意象不同。塗奶油時常用這個單字。請想像用小刀將奶油塗在麵包上的感覺。奶油是不是**很均勻地覆蓋在麵包上**呢？spread 的「擴散、傳開、抹上」正具有這種語感。

　　了解這種語感後，自然就能理解下面的句子。

· She's always **spreading** rumours.（她常常散佈謠言。）
· The fire **spread** throughout the building in no time.（火舌瞬間蔓延整棟大樓。）
· Unfortunately, the cancer is **spreading** uncontrollably.（很遺憾的是，癌細胞已經擴散，無法控制了。）

　　上面各句都有均勻擴散的語感。各位或許知道 **widespread** 這個單字。widespread superstition（普遍的迷信）等用法也含有相同的語感。

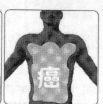

**那**麼，「表示變化的動詞」就說明到此為止！如果各位覺得還不過癮的話請多包涵。為了滿足各位讀者，筆者在「續

篇」中還會專門介紹「變化動詞」，屆時出場的動詞恐怕會多到令人討厭呢！不過，別擔心，數量雖然多，意象還是一樣條理分明的唷！

## ⑤變化的 INTO

　　不知各位是否發現表示變化的動詞都有一種共通的現象？沒錯，這些動詞之後往往會跟著 into。into 是與變化動詞非常合得來的介系詞。

　　into 的基本意象是「進入其中」。表示往內部的移動。由於帶有從某種狀態「進入」另一種狀態的語感，因此也可以表示變化。

* My husband changes **into** a demon after drinking.（我的丈夫喝了酒之後就變得很兇惡。）

* She has grown **into** a beautiful young woman.（她出落地亭亭玉立。）

* Your son is developing **into** a fine athlete.（你兒子逐漸成為一名傑出的運動員。）

　　當然，into 不需借助變化動詞也可以單獨表達變化之意。

* Hedgehogs curl up **into** a ball to protect themselves.（刺蝟將身體蜷曲成球狀以保護自己。）

* She shaped the clay **into** a doll.（她將黏土塑造成娃娃。）

　　懂得運用介系詞將使英文變得更有趣。各位不妨參考坊間專門介紹介系詞的書籍，讓英文說得更道地。

# 3.

## 表示**靜態**的**動詞**

## 表示靜態的動詞

　　這一章將專門介紹 have 與 be 這二
個動詞。have 及 be 基本上，並不是表
示動作的動詞；而是表示「有什麼在身
邊」、「A 與 B 相等」這種靜態的動詞。

# HAVE

「為什麼 "have" 是表示靜態的動詞呢?」讓我們來仔細瞧瞧箇中奧妙吧。

## ■have 並非動作

將英文 have 的基本意象與「手中持有」這樣的動作互相聯想其實是錯誤的。舉個例子,就以進行式來說,不論是 drink 或 kick,凡是表示動作的動詞都有進行式。

· He's **drinking** coffee.
· He's **kicking** a ball.

但是,

He's **having** a pen. (×)

這樣的說法不太對吧? 沒錯,這就是 **have** 的基本意象並非動作的證據。事實上 have 是個**表示位置關係的單字**。

請看左邊的插圖。我們由

**X HAVE Y**

可以聯想出「**Y 在 X 之處**」這樣的**位置關係**。當然,位置關係並非動作、行為,所以一般來說,have 不會有進行式。我們姑且將這種位置關係稱作 **have**

位置。

## ■什麼是 have 位置?

　　那麼，接下來我們就要談談到底 have 位置是指什麼呢? 咦? 「不就是指『手中持有』的位置嗎?」這麼說雖然沒有錯，但是請容我再說明地更詳細一點。have 與中文的「手中持有」其實在語意涵蓋的範圍上有些許差異。

### ① 手中持有

　　首先就從最簡單的地方開始說起吧! 「手中持有」的情況當然是 have 位置的一種。

・I **have** a mobile phone.（我有行動電話。）

　　當然與中文的「有」一樣，have 的語意也不會很嚴謹。

・Do you **have** a telephone card?（你有電話卡嗎? have＝持有）

・They **have** a flat in the city and a cottage in the country.（他們在城市有公寓，在鄉下有別墅。have＝擁有）

　　上面的兩個例子中，你可以看到物理上單純的「手中持有」已擴展到所有權的「擁有」。順帶一提，若你想詢問當場某物是否恰好帶在身上時，可以利用下面的說法。

・Do you have a pen **on** you?（你身上有筆嗎?）

### ② 連結在一起／內部

　　have 位置的意象並不只是單純的手中持有，連結在一起的狀態或是內部的狀態也屬於 **have** 位置的一種。

中文的「有」也有「她有一頭美麗的秀髮」、「有健康的心臟」等說法，雖然不是「手中持有」之意，大家也不覺得奇怪吧。不過，英文 "have" 的用法還會擴展到人、動物以外，這點要特別注意。

・Einstein **had** a large brain.（愛因斯坦的腦很大。）

・She **has** blonde hair.（她有一頭金髮。）

・Koalas **have** long claws.（無尾熊有很長的爪。）

・The book **has** a leather cover.（這本書的封面是皮製的。）

・This computer **has** an internal modem.（這部電腦配備有內建數據機。）

### ③ 抽象的事物

　　當然除了手碰觸得到的具體東西之外，抽象的事物也可以放在 have 位置。

・He **has** toothache/AIDS.（他牙痛／患有愛滋病。）

・We've **no time** to mess about.（我們已經沒有時間可以浪費了。）

・We had **no choice** but to sell it.（我們沒有選擇只好將它賣掉。）

・Does she have **any idea** how much it costs?（她知不知道這個得花多少錢？）

· I have **the distinct feeling** that something terrible is about to happen.（我有預感可怕的事將要發生。）

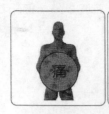

　　事實上我們並不是真的能夠握有 time（時間）或 choice（選擇）等抽象的事物，但是總是有種覺得自己好像真的擁有 time 或 choice 的感覺，也覺得 idea 及 feeling 是如此真實地存在。

　　以下介紹一個常用的、非常有趣的表達方式。

· She has **a nerve** to turn up here after what she did.（做了那種事之後，她居然還敢回到這裡來。）

　　這是表示她的神經太大條了，演變成厚顏、無恥之意。

## ④將自己與場所視為相同

　　以下要說明的是與中文裡的「有」不同的用法。但我相信以各位的程度應該可以很輕鬆的運用。

· We **have** the latest model here.（我們有最新的款式。）

　　感覺上這個例句中說話的人是將自己擴大到 here 這個場所整體，因而使用 have。這種用法很常見喔！

· I'm very happy to **have** you here.（很高興你們能來。）

· In Taiwan we **have** a lot of rain in summer.（臺灣夏天很常下雨。）

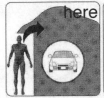

基本意象就說明到這裡。

如果各位已經確實掌握住基本意象，那麼應該也可以很快地學會接下來 have 的各種用法！

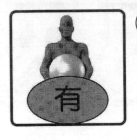

## 看起來像是動作的 have

have 的用法中，有一種用法看起來並不像基本意象的「位置」，而好像是「動作」。讓我們來看看以下的例子。

· **Have** another cake.（請再用一塊蛋糕。）

· Come and **have** some tea.（請過來喝杯茶。）

· I **had** an e-mail/call/letter from Ken last night.（我昨晚接到 Ken 的電子郵件／電話／信。）

以上例句中 have 的用法與表示 eat, drink, receive 等行為、動作的動詞是一樣的。當然，這樣的 have 也會有進行式。

· He is **having** dinner with his fiancée.（他正與未婚妻共進晚餐。）

雖然 have 有這樣的用法，不過，請各位讀者不要斷然認為「這樣的話，那就是 **have＝eat**、**drink**、**receive** 囉」。have 的

基本意象還是 have 位置。如果將以上例句用插圖表示的話，就如同下圖所示：

　　沒錯，我們可以把上述的例句看成**其基本意象還是 have 位置，在該位置上再加上「動作」的感覺**。說明白一點就是「have＋動作」。以下我們就來比較一下 have dinner 和 eat dinner 的差別吧！

　　have dinner 的意思是 "have" "dinner" 這件事，表示接下來要「用晚餐」這樣的一件事實，而 eat dinner 則將焦點放在嘴巴動個不停的「吃」這個具體的動作上。我們順便來看看插圖中 have/receive a letter 有什麼不同。你覺得兩者完全一樣嗎？

　　have 雖然是個可表示各種行為非常好用的單字，但其基本意象還是 have 位置。並不像 eat, drink 等動詞強烈的表示具體的行為、動作。下面我們再舉幾個類似的例句供各位參考。句中的 "have" 當作「have＋動作」。

・**Have** a seat.（請坐。）
・I'll **have** the set menu, please.（我要點套餐。）

- I'll **have** the cheaper pair.（我要買較便宜的那雙。）
- Our best player has to **have** a knee operation.（我們的最佳球員必須動膝蓋手術。）
- You can **have** my old racket if you like.（如果你喜歡的話，我的這個舊球拍可以給你。）
- We **had** some guests over the weekend.（週末有客人來。）
- We **had** a great party last night.（我們昨晚開了一個很棒的宴會。）

　　雖然舉了那麼多的例句，但思考的模式卻是完全相同的。have a good (bad, terrible) time（過得很快樂／悲慘）也是相同的思考模式。也就是，在 have 位置上加上 a good (...) time 的意象，而且「進行」這個意象。

　　講到這裡，我要開始問問題了。下面的例句是什麼意思呢？

- Hey, I'm not **having** this!
- I will not **have** drugs in my house!

　　亦即在 have 位置上加上 this 的意象，再對這個意象加以「否定」。可以譯成「我不接受」、「我不允許家裡有毒品」。再試試以下例句。

- I think we've been **had**!（我們好像上了大當了！）

　　這句話可不是「吃太飽不消化」，而是「被騙了」。為什麼 have 會有這種含義呢？好像很難想像。好吧！我給各位一點提示。

- Don't be **taken in** by his smooth talk.（別被他的花言巧語所矇騙了。）

　　taken in 可譯成「欺騙」，各位想必早已經知道。所謂的「欺騙」就是以謊言編織成一個美麗的世界，再將對方引進謊言世界

中。we've been had 的意象與此類似，就是 we 掉進 have 位置中，衍生成「被騙了」的意思。

## 動作性的 have 狀況

　　偷偷告訴各位一個祕訣。如果你可以了解下面所說的，就能很快地融會貫通 have 的各種用法喔！這個祕訣就是 **have** 的範圍可以擴展到狀況。也就是說，have 之後不僅可以接 a pen 或是 breakfast，還可以接「老婆逃跑了」、「小孩因為想去狄士尼樂園而大哭大叫」等狀況。首先，我們來看看下面的例句。

・He **had** his arm around her neck.（他將他的手勾在她的脖子上。）

　　各位知道他是 have 什麼嗎？his arm？沒錯，受詞的確是 his arm。不過，話雖如此，這句話的意思並非 have his arm。因為光是

He **has** his arm.（×）

句意並不完整。對以英語為母語的人來說，對上述例句的感覺應該像這樣子：

| 狀況 |
|---|
| He **had** 《his arm around her neck》. |

　　亦即「動作性的 **have** ＋《狀況》」。這句話就等於 his arm is around her neck，也就是 have 這個狀況的意思。

・We'll **have** 《the piano over there》.（鋼琴擺在那裡。）

・We **have** 《next Tuesday off》.（下星期二放假。）

· I'll **have** 《dinner ready by 8》.（我會在 8 點之前準備好晚餐。）

　　你們瞧，以上的例句是不是都是「**動作性的 have**＋《狀況》」呢？句中的 ⌷ 表示 have 的受詞為 his arm/the piano... 等。
· She **had** 《us in fits with her imitations of the boss》.

（她模仿老闆逗我們笑。）
　　us 為受詞。

　　雖然花了很多篇幅來說明，其實一點也不難。重點就只有「**動作性的 have**＋《狀況》」。只要掌握住此種用法，今後將更能靈活地運用英文來表達！
· Mum, my tooth hurts. I wanna **have** it out!（媽！我牙齒好痛，好想把它拔掉！）
　　像上面這樣自然的英文各位應該都會說。咦？「你所謂的『祕訣』就這樣說完了嗎？」不，接下來，我才要開始告訴你「祕訣」呢！

## ■別再唸經了！

　　各位在學校的時候是不是都曾死記過「**have＋受詞＋原形動詞／過去分詞＝使役**」這個句型？我在學這個句型時也覺得無法理解，但還是像唸經一樣把它死記下來了，很可笑吧！但是這個以英語為母語的人天天要使用的句型，對他們而言難道

就不會太複雜了嗎？如果我們只是繼續死記它的話，永遠也不可能像以英語為母語的人那樣靈活運用這個句型。那麼，以英語為母語的人對這個句型的感受又是什麼呢？

・I **had** my secretary call me a taxi.（我要秘書幫我叫計程車！）

　　當然，以英語為母語的人並不是以下列的方式來理解這句話。

I　**had**　my secretary　call me a taxi.

　　have＋　　受詞　　＋原形動詞

---

**狀況**

I **had** 《my secretary call me a taxi》.

---

　　這句話和之前介紹過的許多例子一樣，只是表達「**動作性的 have＋《狀況》**」的意象而已，亦即 have「秘書叫計程車」這個狀況。所以根本不需要死記「**have＋受詞＋原形動詞／過去分詞＝使役**」這種複雜的句型。以常識來判斷的話，就只是「**讓她去叫車**」這層意義而已。當然除了這種使役的含義之外，還有許多其他的意思喔！

・I'm not **having** you drive home in your drunken state!（我不能讓喝得爛醉如泥的你開車回家。）

・There's no way I'm **having** anyone video my class!（我不允許任何人拍我上課的錄影帶。）

　　上面這句話意指「沒有 have《anyone video my class》這個狀況」，即為「不允許」。所以並未帶有任何「使役」的含義。各位並不需要死記其翻譯，只要記住「**動作性的 have＋《狀況》**」的意象即可。

剛剛我們看過了「**have＋受詞＋原形動詞**」的情形，接下來，我們來看看「**have＋受詞＋過去分詞**」。其實用法並無不同。

・She **had**《her wedding dress altered》.（她請人修改她的結婚禮服。）

・They **had**《their credit cards cancelled》.（他們註銷了他們的信用卡。）

・I **had**《two teeth crowned》.（我裝了兩個牙套。）

我想已經不需贅述。只要以「**動作性的 have＋《狀況》**」的方向去思考即可。只不過上述的狀況因為用**過去分詞**，所以是「她的結婚禮服<u>被修改</u>」、「信用卡<u>被註銷</u>」、「牙齒<u>被套</u>」等**被動語態**。

以往幾乎所有的文法書上都將這種句型翻成「讓、使」等，我希望在這裡再次強調，請各位將這些翻譯方式全部忘掉。因為以英語為母語的人只是很單純地將這種句型想成「**擁有…狀況**」而已。不要嘗試去記憶這些艱難的翻譯，只要運用意象就

能幫助你輕鬆地活用英文。

**各**位辛苦了！好長的一段說明啊！不過，請各位重新將前面的插圖翻閱一遍，應該不會再有難懂的句子了吧！再多看幾遍，保證你就能充分掌握以英語為母語者對 have 的意象！

一般都認為「be 動詞的基本意義是『存在』」。或許就字源的角度來看並沒有錯，但以英語為母語的人又是怎麼想的呢？

・God **is**.（上帝是存在的。）

・I think therefore I **am**.（我思故我在。）

確實以上的句子中還殘留這種含義，但並不表示這種說法可以隨便地使用。假如我說：

"Peter **is**."

別人也無法了解我想要表達的是「彼得是存在的」。一定會落得被對方追問："Peter is…mmm…what?" 的下場。be 動詞的句型通常被要求必須是

| A be B |
| --- |

的型態。這樣的型態可以推衍出 be 動詞的基本意象。

請各位看看左圖。以英語為母語的人將**「關係」當作 "be"** 的基本意象。以 be 動詞為中心，有一種模糊的關係將 A 與 B 串連起來，這就是 be 動詞的基本意象。

## 衍生意象

雖說是「模糊的關係」，其實解讀起來一點都不困難。因為大多數的情況下都表示「相等」的關係。

### 相等的關係

· Clark Kent **is** Superman.（克拉克·肯特是超人。）

首先來談談「相等」的關係。這句話想表達的就是「克拉克·肯特＝超人」。當然，其他還有很多「相等」的用法，真的是非常簡單，對不對？

a. You **are** the man I want.（你正是我所需要的人。）

b. Three and two **is** five.（3 加 2 等於 5。）

c. Today **is** Sunday.（今天是星期天。）

d. Seeing **is** believing.（眼見為憑。）

e. That dress **is** $500.（那件洋裝價值 500 美元。）

一定會有讀者質疑「例句 e 的前後文並不相等吧？難道洋裝是用紙鈔做的嗎？洋裝可以當作 500 美元拿到銀行存嗎?」。沒錯，有相同疑問的讀者，請看下一段說明。

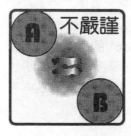

### 不嚴謹的相等

相等的關係並不一定都是很嚴謹的。我們再來看看剛剛的例句。

· That dress **is** $500.

當然，洋裝與金錢並非相同的東西。但是，如果從說話者以 that dress 的「價格」為前提來思考的話，視其前後文「相等」好像也說得過去。或許指明 The price of that dress.... 才是正確的說法，不過通常並不需要把每一項細節交代地那麼清楚。

　　我姑且將這種關係稱作**「不嚴謹的相等」**。如上例所示，這種關係是說話者將主詞的另一個層面當作前提，而構成的相等關係。請各位接下來在閱讀的時候稍微注意一下說話者以哪一個層面為前提。

　　首先，我們從**「地點的相等」**來看。

　　下面例句中，因為後文是 on the table，所以說話者是將 the lamp「放置的地點」當作前提了，相信大家都猜想得到。

・The lamp **is** on the table.（燈放在桌上。）

　　亦即「燈（放置的地點）＝桌上」之意。以下再多舉幾個將焦點放在「地點的相等」的例句。

・The police station **is** across the road.（警察局在馬路的對面。）

・The department store **is** around the corner.（百貨公司就在附近。）

・Mary's upstairs.（瑪麗在樓上。）

　　類似的例子不勝枚舉。總之，請各位多注意主詞。這種句型的主詞通常是 the..., Mary 等，好像不太會出現 a dog, dogs 等非特定的事物。非特定事物的「存在」一般都是用 There is/are 來表示。

　　這種單純表現「地點」的用法，還帶有各種不同的語感。

a. I **was** at the party.

b. **Were** you at church yesterday?

c. The concert will **be** in the school hall.

　　上面例句中的 at the party, at church 等並非只是單純地表示在該地點，還帶有「出席」的語感。各位覺得例句 c 如何？與「被舉行」的意思相近吧！此外，與未來式相結合的話，還可用以表示 come/go 等意。

· He'll **be** here soon. I'm sure.（我確定他不久就會到。）

· I'll **be** there by noon.（我在中午之前會到那裡。）

　　當然，這兩句是指「不久」、「中午之前」會到某地點，因此便產生 come/go 的意義。電視上不是也常看到下面的說法嗎？

· Schwarzenegger will **be** back!（阿諾·史瓦辛格還會再回來！）

· We'll **be** back after these commercials.（廣告之後馬上回來。）

　　be 動詞若使用得當的話，具備相當的表現力。

　　接下來是**時間的相等**。

　　　　　　　　　　請將焦點放在「時間」上。

· Our wedding anniversary **is** on July 30th.（我們的結婚紀念日是 7 月30 日。）

· It's 25 past 7.（現在是 7 點 25 分。）

　　　　　　　　上述兩個例句均針對主詞 Our wedding anniversary 及 It 的「時間」加以說明。

· The match **is** after the news.（比賽在新聞之後播出。）

· The party **is** on Saturday.（派對在星期六舉辦。）

· The election **is** in March.（選舉在三月舉行。）

　　句中的 be 動詞依狀況不同會有「播出、舉行、舉辦」等不同的語感，但這些都可以用一個 be 動詞來表示。可見 be 動

詞的表現力非常強！

　　最後，我們來談談其他與主詞各種特徵相關的「相等」。

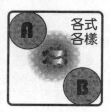

　　除了「地點」、「時間」之外，be 動詞所表示的「相等」，在其他不同方面也能適用，並且其特徵的相等都是一眼即可看出的。我們來看看以下的例子。

・The cat is **ginger**.　　　　　　　　【顏色】
・I'm **a flight attendant**.　　　　　【職業、所屬】
・"How is your mum?" "She's **pretty good**, thanks."【健康狀態】
・I am **Sam**.　　　　　　　　　　　　【姓名】
・I am **from London**.　　　　　　　　【出生地】
・They're **stupid**.　　　　　　　　　【性質】

　　很簡單吧！這一部分就說明到這裡。

## 相等以外的「關係」

　　前面一直強調的都是相等的關係，但 be 動詞並非只表示相等的關係。就如同前面說明過的「be 動詞表示一種模糊的關係」，其實，它還可以表示許多複雜的關係。以下我們就試著舉幾個例子來說明。

・Who's the apple pie?（〔服務生〕蘋果派是哪位的？）
・I won't **be** a minute.（〔要出去一下時〕馬上回來。）
・Will you **be** long?（〔對使用廁所的人說〕要很久嗎？）

　　以上幾句並非表示單純的相等。而且也不是 "who＝apple pie"，"you＝long" 的關係。請各位仔細想一想，上述的例句若在前後加上一些文字，變成「是誰點了蘋果派？」、「你還要花很久的時間嗎？」是不是比較容易懂呢？

「我點的是雞腿便當。」

「你是右邊那一個，我是左邊那一個。」

你們看，中文不是也有類似的用法嗎？

> 　　各位覺得如何？ be 動詞的各種意義追根究底來說就是「關係」。各位完全不需要死記上面的例句， be 動詞是一種以「相等」為中心的模糊關係，大家只要記住這一點即可。

**不** 太複雜吧！是不是有很多讀者覺得大失所望呢？ be 動詞原本就不難，所以說明得很簡單也是應該的，意猶未盡的讀者可別見怪喔！

# 4.

## 表示**知覺**的**動詞**

# 4.1 視覺三動詞

　　表示視覺（看）的動詞當中，使用頻率最高的就是 see, look, watch 這三個字。雖然一上國中很快地就學到這三個單字，但是大家是否已經完全理解了呢？這三個字同樣譯成「看」，但真正的意象卻有相當大的差別喔！首先，必須把基本意象記住。

**see**

**look**

專注地～
**watch**

　　看了上面的插圖，各位覺得如何？是否已看出同樣是「看」，但意象卻差之千里呢？如果各位無法確實掌握視覺三動詞各自不同的意象，是無法自由運用的。接下來，我們要努力學習了，先從 see 開始吧！

# SEE

視覺三動詞中意義最豐富、最深奧的便是 see。我們就從最高的山開始挑戰吧！

- You can **see** the Eiffel Tower from here.
（你可以從這裡看到艾菲爾鐵塔。）

請看左圖，see 並非僅是單純地將視線朝向目的物，且意義的焦點不放在目的物，那是屬於 look 的領域。請看下面的例句。

- I **looked** everywhere but didn't **see** him.（我看過了每個地方，就是沒有看到他。）

see 這個動詞並非指「看」這個積極的動作，它的重點在於「**透過眼睛看，把看見的內容放進腦中**」。用眼睛看東西，去認識、記住它，這樣的循環正是 see 的基本意象。若能理解這一點，則對 see 就算征服了一半。要不要試試看下面的句子，到底應該用 look，還是用 see 呢？

a. I can (　) much better with these new lenses.

b. Is it true that cats can (　) in the dark?

很簡單吧！當然兩個空格的答案都是 see。只要了解了基

本意象，應該就可以輕鬆的辨別。

　　see 有「了解、思考、想像、判斷、經驗」等非常廣泛的含義（註：不需特別去強記譯文），這與它的基本意象有很大的關係。**see** 之所以含有 **look** 所沒有的深奧意義是由於基本意象與「頭腦、心靈」有關。

見面

　　首先就從簡單的地方開始說明。所謂的「見面」一定會看到對方，「see＝見面」就是從這裡來的。不管是雙方約好了見面或不期而遇都可以用 see 這個字。

偶遇

・I'm going to **see** Ted for afternoon tea on Sunday.
　（我和泰德約好星期天喝下午茶。see＝約定）

・I **saw** Mike in Tamshui today.（我今天在淡水碰到邁克。saw＝偶遇）

　　那麼，問題來了。下面這句話是什麼意思？

・Are you **seeing** anyone at the moment?

　　沒錯，「見面」會引申出「交往」的意思。因為男女之間（或是男男、女女之間）見面，自然會令人聯想到這兩人是情侶關係。很簡單吧！

思考

接下來讓我們進入正題吧！我們常說：「眼睛是靈魂之窗」，中文裡也常將心靈與眼睛直接結合在一起。有時，我們也會聽到：「完全『看』不出來（不懂），你到底在幹什麼？」或是「就我『看』來（認為），她會是個好太太」等說法吧！「**眼→心**」**的意象正是英文 see 特有的用法**，look 可沒有這種用法，因為 look 只有「看」的意思而已。我們再來看看下面的例子。

- "You press this button to make him go backwards." "Oh, I **see**."（「你可以按這個鈕使其倒退。」「嗯！我知道了。」）

此時，絕不能回答：

I **look**. (×)

因為 look 只有單純地用眼睛「看」的意思，並無法衍生出「知道」這樣的語意。

如果到這裡都沒有問題的話，接下來就很簡單了！只要用例句加強意象即可。首先就從與「**知道、理解**」類似的用法開始說明。

- Do you **see** what I mean?（你懂我的意思嗎？）
- As I **see** it, we have little choice.（就我看來，我們幾乎沒有選擇的餘地。）
- I don't **see** how we're going to make it by 6.（我不知道我們要如何在 6 點以前完成。）
- Only then was I able to **see** what poverty really was.（那時我

才了解貧窮是怎麼一回事。）

　　這正是 see 的基本意象，透過眼睛看，把看見的內容放進腦中。當然，並不能拘泥於一定要把 see 譯成「知道」，**最重要的是依其基本意象在不同的情況而有不同的譯法**。

* As you can **see**, he is lying through his teeth.（就如同你所看到的，他又在說謊了。）

* John soon **saw** that they were trying to con him.（約翰馬上就察覺到他們打算欺騙他。）

　　接下來是有關「**想像、思考**」等語感的例句。

* I can't **see** him falling for that trick, can you?（我無法想像他會被那騙局所蒙蔽，你能嗎？）

* I could never **see** myself as a lawyer.（我想都想不到自己會當上律師。）

* Leave it with me and I'll **see** what I can do, right?（交給我辦，我會想想看我可以做什麼，好嗎？）

想像、思考

勝訴 ✗

做什麼

　　各位在「想像」的時候，腦中是如何運作的呢？是不是會勾勒出某個情景呢？就好像用心眼在「看」一樣。「思考」也是同樣的道理。不過，比「想像」稍微複雜些，我在思考的時候，總覺得自己在「看」著什麼一般。**「眼睛」與「心靈」的聯繫其實是很深奧的。**

　　以下整理出 see 的習慣用法。相信各位看了之後自然能夠理解。

---

　　「聽好，我確實是個沒有用的傢伙。我也知道妳在責怪我。妳嫌我錢賺得太少，學者本來就賺不多。妳說我長得不好看，這是遺傳又有什麼辦法！妳還嫌我最近小腹突出，胃擴張我也沒輒啊！不過，妳如果跟我離婚一定會後悔的。**妳遲早會了解的。(You'll see.)** 我對妳有多麼的…。」

　　「事到如今你還在說什麼？我想要跟你離婚，**知道嗎？(See?)** 奇怪，離婚協議書跑到哪裡去了？**嗯…讓我想想看(Let me see/Let's see)**…啊！在這裡，趕快在這裡簽名。」

　　「啊！我一直沒有告訴妳，我在巴西有個億萬富翁的叔父。喂！妳是否願意重新考慮一下？」

　　「這個嘛！**讓我好好想一想。(I'll see.)**」

### 檢查 (check)

　　請各位回想一下 see 的基本意象。「透過眼睛看，把看見的內容放進腦中」，這正是 see 的基本意象。由這個基本意象衍生出**檢查 (check)** 的意義。

- Let me **see** how much money's left in my account.（讓我來查查我的戶頭裡剩多少錢。）

- **See** who's at the door, will you?（你可不可以幫我看看誰來了?）

- I don't trust them－I want to **see** for myself.（我不相信他們──我要自己去看看。）

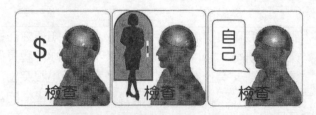

　　上面的各個例句都不能單純地譯成「看」，因為不光是只有「看」而已，更要 **check** 帳戶中有多少錢、誰來了，帶有這層意義的話，可以使用 look 嗎? 對於單純地只表示「看」的 look 來說，這是不可能的用法。只有將「看」的內容放入腦中的 see 才辦得到喔!

　　表示 check 的 see 也有很有趣的意思呢! 請看下面的例句。

- I'll **see** that they do their homework from now on.（我今後會監督他們做功課。）

- Please **see** that your seat belts are securely fastened.（請確認

你的安全帶是不是已經繫好。）

· You needn't worry—Mary will **see** to everything.（你不需擔心——瑪麗會把所有事情安排好。）

· **See** the fax gets sent immediately.（你要確認這份傳真會馬上傳送。）

以上各句都有「確認無誤 (make sure)」的意思。**see to it that~** 等用法對考生來說，一定背誦地相當痛苦吧！為什麼會有這樣的語意產生呢？其實，這也是另一種形式的 check。若將以英語為母語者的語感用慢動作來說明的話，就是「**去 check 事情是不是進行得很順利，必要時採取適當的對策**」。亦即，去 check 是否有什麼會妨礙事情順利進行。了解了以英語為母語的人的語感後，應該也能體會下面的句子。

· You'd better **see** her home.（你最好送她回家。）

· Let's all go to **see** Helen off at the airport.（讓我們一起到機場為海倫送機。）

雖說是「送機」，但各位知道隱藏在以英語為母語者心中那層深奧的語感是什麼嗎？沒錯，就是為了使一切順利進行，或者若發生什麼事的話能夠即時因應，而去「**守護**」。對人們來說，see 這個字具有更深層的含義，see 的背後其實隱藏者「守護」的真義，我們不是也會說「在背後看著」嗎？我的丈母娘就曾經對我們夫婦說過這樣的話：

「你們如果發生什麼不測，我會幫你們『**看**』著你們的女兒。」

### 經驗、遭遇

　　接下來就比較簡單了。請看下面的句子。

- She's **seen** both deep sorrow and joy in her life.（她一生中曾經歷過大悲與大喜。）

- I've **seen** it all before.（我以前曾經歷過。）

　　這裡的 "see" 用來表示遭遇到的經驗和事情，各位不會再感到不可思議了吧！中文裡也有「什麼大風大浪我沒『見』過」之類的用法，相信各位並不陌生才是，接下來再舉幾個特殊的句子。

- This year has **seen** a dramatic rise in profits for our company.（今年我們公司的盈收很亮麗。）

- This pub has **seen** more fights than I'd care to remember.（這家酒吧發生打架的事件比我記得的還多。）

**有**關這一部分的說明就到此告一段落。

LOOK

look 的基本意象想必各位已經非常了解。look 和 see 相比實在是簡單多了。我們就趕緊來看吧!

基本意象

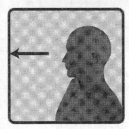

look 的基本意象, 就是將視線朝向目的物。一點都不難, 簡單來說就是看。

· **Look** at that Merc!（你看那輛賓士。）

很簡單吧! 當然, look 也有各種比喻的說法。

· **Look**, Chris, this is ridiculous!（克里斯, 你看! 這實在是很荒謬!）

· Oh, no! **Look** at what time it is!（喔, 糟了! 你看現在幾點了!）

· Well, **look** at it this way.（請由這個角度來思考。）

是不是一點都不難呢？亦即，集中所有的**心神**、**思緒**、**注意力**去看某個目的物，這正是 look 的最佳說明。這種用法如果用 see 來代換的話，會有點格格不入。

· **See**, Chris, this is ridiculous! (×)

　　是不是不知所云呢？

　　那麼，我們就趕緊來看看 look 還有什麼衍生意義。

衍生意象

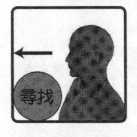

尋找

尋找、調查

　　我們光是從 look 的基本意象「集中所有的心神、思緒、注意力去看某個目的物」來看，根本不需要費神去記憶中文的翻譯，即可感受到「尋找、調查」的語意。

· The government is **looking** for a way out of the financial crisis.（政府正在尋覓解除財政危機的方法。）

· We've **looked** all over the place.（我們已經找遍所有的地方。）

· We'd better get the doctor to **look** at that cut—it's very deep.（我們最好請醫生檢查傷口——割得相當深呢！）

· Can you take a **look** at my bike? I can't get the chain back on.（你可不可以幫我看看我的腳踏車？我無法把鏈條裝上去。）

危機

表面的

接下來的 look 是各位非常熟悉的用法。

• Doesn't she **look** gorgeous in her wedding dress?（她穿婚紗是不是看起來很漂亮？）

「看起來～(＝seem, appear)」，各位都知道這種用法吧！

• What's up? You **look** really down today.（怎麼了？你今天看起來沒什麼精神。）

• Well, the plan certainly **looks** good on paper.（這項計劃從理論上看起來還不錯。）

上面的用法是在 look 後加上形容詞，此外 look 之後也常接 like，例如：

• Chris **looks like** Godzilla.（克里斯看起來很像酷斯拉。）

• That was the last train so it **looks like** we'll have to walk home!（那是最後一班火車了，看來我們好像得走路回家。）

如上所述，look 有各種不同的用法（請參照 p. 151）。

在這些用法中必須特別注意的是，look 指的都是**表面的事物**。例如：

• What does she **look** like?

上面這個問句必須回答「皮膚很白、眼睛很紅、鼻子很塌…就像隻金絲猴」等「外表」給人的印象。look 當名詞用時也是一樣。

• I wish I had her **looks** and talent.（我希望能擁有她的長相和才華。）

• I don't like the **look** of those guys－let's get out of here.（我不喜歡那些人的樣子（打扮、態度），我們離開這裡吧！）

• The grunge **look** was popular in the early 90s.（90 年代初期很
　流行邋遢的衣著時尚。）

　　不論舉什麼例句，look 所代表的意義都侷限於表面的事物
而已。當然，這種情況下的 look 一樣不能用 see 來替換。

• Chris sees like....（✕）

　　see 的基本意象並不是只有「看」這麼簡單而已，還帶有
認識、理解、思考的含義。對於擁有如此深層意義的 see 而言，
和「表面的」這種語感是截然不同的，因此，只有單純表示
「將視線朝向目的物」的 look 才適用這種語感。各位若牢牢記
住 **look 的語感為「表面的」**的話，保證受用無窮喔！

PROTOTYPE

# WATCH

基本意象

←

專注地～

watch 的基本意象和 see, look 相比的話更為單純。watch 的語感是「集中注意力、精神,將視線朝向某個目的物凝神注視」。

· I **watched** the amazing juggler for ages.（我看著這位很棒的魔術師看了很久。）

你們看,是不是已經感受到集中精神及注意力的語感呢?亦即,「被那高超的魔術表演所迷住,一直注視著」的意思。

· **Watch** my stuff while I go for a swim.（我要游一下,你幫我看著我的隨身物品。）

· You go out—I'll **watch** the kids.（你去吧——我會看著孩子們。）

你們看!上面的例句中是不是有為了怕東西被竊、怕孩子受傷,而一直小心盯著的感覺呢?換作 look at my stuff 的話,是不會有這種語感的。那麼我們再舉一個例句。

· **Watch** your step.（小心行事。）

這句話同樣也是因為 watch 含有「注意」的語意,所以才會有這樣的意義產生。

各位覺得如何？對 **watch** 的基本意象「注意、集中」是不是愈來愈能掌握了呢？

與 look 的辨別

watch 的基本意象相信各位已經理解了吧！但是，好像還有人覺得「我還搞不清楚 watch 與 look 的不同，覺得很不安」。以下我們就再針對這兩個動詞意義上的差別加以補充說明。

請各位仔細看看上面的兩張圖。look 的「看」並非一直盯著一個地方看，視線原本是在別的地方，是因為某處發生了某件事而「轉過頭去看」，將視線落在目的物上，在意象上是一瞬間發生的行為。但是，watch 則是「看著喔！我要這樣做囉！坐在這裡好好看著吧！集中注意力仔細瞧喔！」，這樣的語感完全不一樣吧？以下再多舉幾個例句，大家看了應該很快就能體會出這二個動詞的差異了。

**Situation 1.**

· **Look** at that couple dancing over there. Let's sit and **watch** them for a while.（你看那邊在跳舞的那一對，我們坐下來看一會兒吧！）

　　你現在和朋友在路上閒逛，你注意到前面圍了一群人，有幾個街頭藝人正在跳舞。你趕緊叫身旁的朋友 look（快看那邊），原本正往前走著的朋友，聽到你說的話，是不是瞬間忽然將視線轉向那裡啊？沒錯！這就是 look。

　　你覺得很有趣，就跟朋友說：「我們坐下來看一會兒吧！」…你們是不是打算好好地欣賞呢？沒錯！這就是 watch。

**Situation 2.**

· Oh, my God—**look** at the time, I'm going to be late!

· Make sure you **watch** the time—you don't want to be late.

　　由上面的兩個例句中亦可看出 look 和 watch 的差異。在 look 之前應該是在做別的事，突然看了一下時鐘才驚覺已經太晚了。而 watch 卻完全不同，是要對方一直注意小心時間的意思。

**Situation 3.**

· **Look** at that guy walking up and down in front of the convenience store. I think we should **watch** him closely.

　　有兩個警察正在巡邏。其中一個跟另一個警察說「喂！你快看那邊那個正在閒蕩的男人」…這裡 look 的意象應該很清楚吧！沒錯，他是要另一個警察「將視線轉移到那個男人」。而用 watch 來表示「我們最好盯緊他」，亦即一直凝神注意著，是不是也很傳神呢！

**Situation 4.**

　　這是最後一個例子。我在公園裡讓女兒小真自己去玩，我正在翻閱《牛津大辭典》，一直讀到 1282 頁時，突然聽到小真

在喊：

• Dad, **look** at me!

小真在溜滑梯上招手。

• Dad, **watch** me!

她一邊這麼說一邊向下滑。

　　我想不需再贅述，各位應該已經很自然的體會出這個例子的語感、情境了。這正是基本意象的力量。

監視

　　watch 並沒有什麼特別古怪的衍生意象，接下來要說明的「監視」也只是表示注意、集中的 watch 會令人立即聯想到的衍生意義。跟蹤、**當間諜**、監視等衍生意義都和 watch 的基本意象「**凝神注視**」完全吻合。

• The detective decided to have the suspects **watched** 24 hours a day.（刑警決定要一天 24 小時監視這名嫌犯。）

關視覺動詞的說明就到此告一段落。

# 4.2 聽覺兩動詞

接下來我們要探討的是聽覺動詞。話雖如此，也沒有各位想像的那麼難，請各位再加把勁吧！聽覺動詞比視覺動詞單純。

以下就是各位務必要學會的兩個聽覺動詞，各位對這兩個字應該不陌生才是。

**hear**

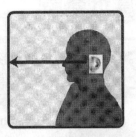
**listen**

看了以上兩張基本意象的圖，不知各位有何聯想？沒錯！這兩個動詞在意義上的差別和 see 及 look 的差異是平行的。hear 帶有「**透過耳朵聽，把聽見的內容放進腦中**」的感覺，而 listen 則帶有「**傾聽**」的感覺。只要各位掌握住這個重點，絕對可以征服聽覺動詞。

## 基本意象

　　hear 並非積極地專心傾聽的行為，焦點應該放在「**透過耳朵聽，把聽見的內容放進腦中**」。hear 就好像是 see 的聽覺版一樣。

- I can **hear** a strange noise coming from the engine.（我聽到引擎傳來很奇怪的聲音。）

　　你們看，hear 就是「聽到」。並非積極地專心豎起耳朵去聽。

　　如果各位已經看過《自然英語學習法　文法篇》，相信大家都還記得，hear 並沒有進行式。

- What are you **hearing**?（✗）

　（What are you **listening to**?）

　　所謂進行式，要有行為或動作正在進行時才可以使用。hear 之所以無法擁有進行式，是因為 hear 並不像 listen 一樣，會刻意地將耳朵咻地豎起，前後抖動用力收集四面八方的聲音。hear 只是**聲音從某處傳來的感覺**。順帶一提，視覺動詞在這一點上也是相同的道理。

- What are you **seeing**?（✗）

(What are you **looking at** (**watching**)?)

　　對於已經能夠體會 see 的語感的各位來說，對於上述的例句，相信應該可以完全掌握語感才是。

　　那麼接下來我們就來看 hear 的衍生意義。

聽到→知道

　　首先，我們從例句開始看起。

· "Sorry I'm late, darling, but I had to work overtime and then my car wouldn't start and...." "Yeah, yeah, I've **heard** it all before." (「親愛的，對不起我遲到了，因為我得加班，車子又拋錨，而且…。」「好了！好了！這些藉口我以前就聽過了。」)

　　上述例句的 hear 與其說是「聽」，還不如說句子的重點應該是放在「知道其結果」，用來表示「我早就知道了，別再說了」。就如同 see 有「眼→心」的衍生意義一般，hear 也有**「耳→知道」**的衍生意義。中文裡也有「你有沒有聽過藍芽傳輸？」的說法，這裡的「有沒有聽過」其實就等於「知不知道」。在意象的世界裡，中文和英文其實沒什麼分別。所以請各位別太緊張，多多利用這種用法。稍微留意一下，你會發現這種用法其實很常用。

· Have you **heard** of a singer called Des'ree? (你有沒有聽過一個叫作 Des'ree 的歌手？)

· "Sue's getting married." "Yes, so I've **heard**." (「Sue 結婚了。」「我已經聽說了。」)

由聽到聲音轉化成消息的獲得

聯絡

　　由「聽到聲音」衍生為「消息的獲得」，這種用法想必各位也很熟悉。

・I haven't **heard** from Olive for years.
　　（我已經有好幾年沒有奧利佛的消息了。）

　　這只是將 hear 的基本意象擴大到聯絡而已。有些讀者可能會以為這種聯絡會限定於信件的聯絡，其實不論是電話、電報、e-mail、飛鴿傳書等任何形式的聯絡都適用。

# LISTEN

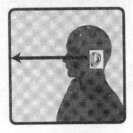

- I usually **listen** to classical music.（我通常聽古典音樂。）

    listen 是與 look 語意平行的「**專心傾聽**」的行為，與 hear 的語意並不相同，並且 listen 有刻意傾聽、集中注意力的感覺，以下的例句同樣地也具有這種語感。

- Are you **listening** to me?（你有沒有在聽我說話?）

這句話帶有「我正在講重要的事，請注意聽」的語感。

講到這裡，有一點希望各位多加注意。說到 listen，想必很多人會立即聯想到 listen to，這在學校英語課本裡被當作「動詞片語」，但真實的情況又是如何呢? listen 並不是「自然而然地」一定得和 to 結合在一起，因為除了 to 之外，還有 listen for，listen in 等說法。在勉強自己記下「listen to＝聽～」之前，大家應該先努力掌握 to 的語感，這樣的努力將使各位的英文更接近以英語為母語者的想法。

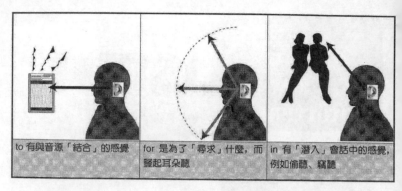

| to 有與音源「結合」的感覺 | for 是為了「尋求」什麼,而豎起耳朵聽 | in 有「潛入」會話中的感覺,例如偷聽、竊聽 |

你們看, to, for, in 的意象是不是栩栩如生的出現在各位眼前呢?

接下來我們來看看 listen 的衍生意象。講到這裡, 相信大家都已經能夠理解, 若以下的說明過於簡單, 請多多包涵。

### 聽從～的話

· If only I'd **listened** to my teacher!(如果我聽老師的話就好了。)

這裡是指聽從他人的建議、主張。中文裡也有同樣的用法。我們也常聽到「就是因為不聽媽媽的話, 才會變成這樣!」之類的說法。

# 4.3 味覺、嗅覺、觸覺

接下來我們來看看其他的三種感覺。但是，在說明之前有一件事必須請各位注意。

## ■感官用語的辨別

也許各位已經注意到了。沒錯，感官動詞可以有以下的區別，請參閱下表。

|  | 視覺 | 聽覺 |
|---|---|---|
| 積極的行為 | look, watch | listen |
| 由某處傳來的感覺 | see | hear |

或許你會覺得這個表好像沒什麼大不了，但我們接下來要談的是味覺 (taste)、嗅覺 (smell)、觸覺 (feel) 等，你將會發現一件有趣的事。

那就是味覺、嗅覺、觸覺的代表性動詞都只有一個。如此一來這些動詞不論是積極的行為或是由某處傳來的感覺都由同一個動詞來表現。

| taste | 【嚐味道／有～的味道】 |
| smell | 【聞氣味／散發出～的氣味】 |
| feel | 【觸摸／有～的觸覺】 |

TASTE

　　首先登場的是味覺。這個動詞兼具「有～的味道」（由某處傳來的感覺）以及「嚐味道」（積極的行為）這兩種意義。

　　了解了這個動詞兼具兩種語感的話，這個動詞就變得單純多了。

## 【由某處傳來的感覺】

- I hate having the flu because I can't **taste** my food. （我討厭感冒，因為食物都變得沒有味道。）
- I can't **taste** the thyme in this sauce. （我從這個醬汁中嚐不出百里香的味道。）
- Dad says he can **taste** garlic in the meat. （爸爸覺得肉裡頭有大蒜的味道。）
- Can you **taste** anything strange in this stew? （你會不會覺得這道燉肉味道怪怪的？）

## 【積極的行為】

- Who wants to **taste** my homemade beer? (誰要試試看我自家釀的啤酒?)
- **Taste** this Chilean red wine I've discovered. (試試看我發現的智利紅葡萄酒。)
- **Taste** the sauce for salt. (嚐嚐看醬汁的鹹度。)

不難吧?「就是試味道嘛」。

本來說明到此已足夠, 但我還想再做些補充。這個動詞其實可以用在很有趣的地方喔!

- The chicken **tastes** of fish. (這雞肉有魚的味道。)
- This wine **tastes** like vinegar. (這酒喝起來像醋。)
- Your pie **tastes** delicious/great/yummy. (你的派很好吃/很棒/很可口。)

上面的例句不只是有趣而已, 還藏有可以幫各位 brush up 英文! 什麼?「完全看不出來哪裡有趣?」。好吧, 我會在 p. 139 的專欄中為各位說明, 在這之前就請各位稍微忍耐一下。

## 衍生意象

經驗

這是和中文完全相同的感覺。中文裡不是也會說「嚐到了自由的感覺」嗎？

· Once she'd **tasted** fame and fortune, she was hooked.（在體會過名聲與富裕後，她成為名利的俘虜無法自拔。）

不過這種用法的 taste，應該是源自於「嚐味道」吧？因此這裡是指在短期間內嚐到的經驗。

· Now they'd **tasted** freedom, there was no way they wanted to go back.（現在他們嚐到自由的甜美，絕不可能再回去了。）

· I **tasted** war in Vietnam and that was quite enough for me.（我在越南嚐過戰爭的滋味，那對我來說已經受夠了。）

## ⑥ 意象的轉變

　　接下來就來說明我之前預告的「有趣」的話題吧！

- The chicken **tastes** of fish.（這雞肉有魚的味道。）
- This wine **tastes** like vinegar.（這酒喝起來像醋。）
- Your pie **tastes** delicious/great/yummy.（你的派很好吃／很棒／很可口。）

　　這幾個句子有趣的地方在於，taste 的用法原本應該像「小華嚐海鮮湯的味道」之類的句子，亦即，taste 應該是跟在主詞「人」之後的動詞才對。但是上面這些例句的主詞，竟然是 the chicken, this wine, your pie，很奇怪吧？為什麼會是這些沒有味覺器官、無法嚐味道的事物當主詞呢？

　　以英語為母語的人對這種型態的句子是見怪不怪。而且這種用法並不僅限於 taste，例如：

- The milk **smells** bad.（這牛奶聞起來很怪。）
- Your skin **feels** like velvet.（你的皮膚摸起來好像天鵝絨一般。）

除了知覺動詞之外，其他的動詞也有相同的用法。

- This shirt can **iron** easily.（這件 T 恤很好燙。）
- Our book is **selling** well.（我們的書很暢銷。）
- This article **reads** smoothly.（這篇文章可以唸得很順。）

　　以英語為母語的人很自然地就脫口而出像這樣的句子。

但是衍生出這樣的句型並不是因為動詞是 taste 或 smell 這樣
單純的情況，問題必須從英語動詞的根源談起。

　　這麼一來，好像把問題弄得太複雜了。其實一點也不難，
說穿了就只是「意象的轉變」。首先，請各位來燙衣服。好，
開始吧！

• I **ironed** this shirt easily.

　　對，就是這樣。因為 T 恤的形式很簡單，所以三兩下就
燙好了。那麼，現在請各位再看一下這件燙好的 T 恤。

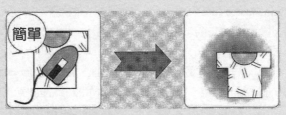

　　在三兩下就燙好這件 T 恤之後，各位是不是覺得「嗯，
這件 T 恤真是一件容易燙的 T 恤」。沒錯，正是這種「簡單、
容易燙」的感覺，演變成 This shirts can iron easily. 這樣的句
型。也就是行為 (action) 轉變成性質 (property) 這種意象的轉
變而已。一點也不難吧！接下來，我們只要多加了解這些意
象就可以輕而易舉的學會這種句型了。

那麼，我們再看看下面的句子。

· He **looked** exhausted.（他看起來很累。）

· You **look** like a ghost.（你看起來臉色很蒼白。）

這些常見的句子也是相同的型態。因為這
些句子並不是 "He/You" 當動作主體。各位
只要看了插圖便可理解吧？

**是**不是很有趣呢？

接下來要談的是嗅覺。

一樣是兼有兩種感覺。

### 【由某處傳來的感覺】

· This is a non-smoking section but I can **smell** smoke.（這裡是禁菸區，可是我卻聞到菸味。）

· When I **smell** bacon frying I just can't resist it.（當我聞到煎培根的味道時，我就是無法抗拒。）

以下舉幾個較為抽象的例子。

· I **smelled** danger and made a dash for the exit.（因為我嗅到危險的味道，所以趕快逃向出口。）

· We **smelled** a rat when they asked us for cash in advance.（當他們要求預付款項時，我們覺得很可疑。）

是不是覺得有什麼由某處傳過來了呢？沒錯，就是「散發出~的氣味」。

## 【積極的行為】

亦即「聞味道」。

- I **smelled** my son's cigarettes and found they were marijuana.
  （我聞了兒子的香菸後發現那是大麻。）
- Can I **smell** the new Paco Rabanne after-shave, please?（〔在百貨公司〕我可不可以聞一下 Paco Rabanne 的新刮鬍水呢?）
- My wife **smelled** my skin and knew I'd been with another woman!（我太太聞了我身上的味道後，發現我和別的女人鬼混。）

最後我們再來看一些慣用的句型吧！就像我們之前提過的，感受到事物的性質的句型。

- I've been on the road for 36 hours and am beginning to **smell**.
  （我已經在車上待了 36 小時，身上開始發出味道。）
- Geez, your feet **smell**!（喂！你的腳好臭！）
- My roommate's breath **smells**—what should I do?
  （我的室友呼氣好臭，我該怎麼辦才好？）

　　講到這裡，必須請各位注意的是，smell 單獨出現時，通常是表示「**令人不愉快的味道**」。請大家看看上面的例句，全部都是臭味吧。中文裡也有相同的用法，一點也不奇怪。舉例來說，如果帶女朋友到房間來，一進門，女朋友就說：「我好像聞到什麼味道。」

　　一般人聽到這個一定會很緊張。因為這句話絕不可能是表示「這個房間裡充滿了桂花的香味，好好聞喔」。如果要表示聞到香味時，請在 smell 之後加一些字來補充說明。

・That **smells delicious/good/bad/sweet**....

# FEEL

最後來談談觸角，哦，錯了，是觸覺。昆蟲的觸角應該是 **feeler**，是感受觸覺的地方。

feel 表示觸覺，亦即「感覺」。用法和之前提過的 taste, smell 類似，**一樣是兼具兩種感覺，也有表示性質的用法。**

## 【從某處傳來的感覺】

· She **felt** something tickling her face — it was a spider!（她覺得臉很癢——原來是蜘蛛！）

· I love **feeling** the cold on my cheeks on a crisp winter's morning.（我喜歡冬天清新的早晨寒風拂面的感覺。）

feel 的感覺並不是只有如此單純的皮膚感覺。

如以下的例句所示，feel 尚可表示身體其他部位的感覺。

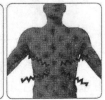

· I can **feel** a pain in my

stomach.（我覺得胃好痛。）

· I **felt** so tired.（我覺得好累。）

　　各位可以感受到下面這種更微妙的「感覺」嗎？

· I **felt** everybody in the room watching me.（我覺得這個房間裡的人都在看我。）

　　沒問題吧！這種「感覺」中文裡也有，不是嗎？

## 【積極的行為】

　　不論感受到什麼形狀、或是什麼觸感，feel 都是一種**利用皮膚感覺去感受事物**的行為。雖然有時也會有「觸摸」、「摸索」等不同的譯法，但是意象都是一樣的。

· **Feel** her clothes－they're soaking wet.（摸摸她的衣服，都溼透了。）

· The doctor **felt** my breasts but couldn't find any lumps.（醫生觸摸我的胸部，但沒發現任何硬塊。）

· We **felt our way** along the dark corridor.（我們在黑暗的迴廊中摸索前進。）

· Give her time－she's still **feeling her way** in this new job.（給她一點時間，她對新的工作還在摸索階段。）

　　有一點必須注意的是，這裡的 feel 並非單純表示 touch 的意思，「感受」的意義更為重要，觸摸的目的是為了要知道某項訊息（形狀、觸感等）。上面的例句中，若將 feel 換成 touch 的

話，將會失去這種感覺，變成單純的觸摸而已。

## 【表性質的慣用句型】

　　有關這一部分的用法應該不需再說明，請各位直接看例句。

- Your skin **feels** so soft. （你的皮膚好柔軟。）
- My computer **feels** very hot－something must be wrong. （我的電腦摸起來好熱，一定哪裡有問題。）
- It **feels** like silk but it's actually synthetic. （摸起來像是絲，其實是化學纖維。）
- This meeting is so boring－it **feels** like we've been here for hours. （這場會議好無聊，我覺得好像已經在這待了好幾個小時。）

### 衍生意象

　　feel 原本是指觸覺，也就是皮膚感覺的動詞。但是，也從這裡衍生出感情、思考（覺得～、認為～）等意象。雖是這樣，請各位不用害怕，只要 1 秒就能學會了，因為感情、思考也都是一種「感覺」。

- I **felt** scared/bored/nervous/on top of the world. （我覺得好可怕／好無聊／好緊張／心情好極了。）

- I **feel like a million dollars** today.（我覺得今天的心情好得不得了。）

感情、思考

- I **feel** that it's a bad decision.（我覺得那是個錯誤的決定。）
- How do you **feel** about Speed's new album?（你覺得 Speed 的新專輯怎樣？）

　　沒問題吧？如果大家希望將英語說得更道地就應該注意這一點，不要以為只要記住「feel＝『覺得、認為』」就可以安心了，重要的是各位是否已經確切掌握住 feel 的意象。上面雖然用「覺得、認為」來解釋 feel 的衍生意象，但是 feel 與 think, consider 等純粹表示思考的動詞在意象上卻是截然不同的，別忘了 feel 是帶有觸感的。所以使用 feel 時的意象應該說是「沒辦法說得很清楚，雖然沒有什麼確切的證據，但就是有這種感覺」，feel 的「覺得」並非用腦去思考。

　　這種感覺好像不用我說大家早就知道了喔！

**以**上有關知覺動詞的說明就到此告一段落。各位是不是漸漸抓住竅門了呢？

# 5.

## 表示**思考**的**動詞**

## 表示思考的動詞

　　表示思考的動詞因為不是看得見的
行為，因此並不容易理解。以下將介紹
幾個代表性的動詞，諸如 think, believe
等，請各位努力掌握這些動詞的意象。

# THINK

首先就從「表示思考的動詞」開始介紹起。

think 是「思考」的代表單字。這是廣泛涵蓋「覺得／考慮」的萬能單字。

什麼？聽不懂我在講什麼？請回想一下前一章知覺動詞的內容，我一再說明「從某處傳來的感覺」與「積極的行為」這兩種感覺的區別。所謂「覺得／考慮」與上述這兩者的區別方式非常類似。「覺得」就是有某個想法浮現在腦中的狀態。相對的，「考慮」就是積極地用腦去想。而 think 正好兼具「覺得」與「考慮」這兩者所代表的意義。請各位試試下面的例句。

- I am **thinking** that you're beautiful. (×)（我覺得妳好漂亮。）
- We were **thinking** we should move house, now that we have another baby.（我們那時候考慮到既然多了一個小孩，最好換個房子。）

由於「考慮」是一種積極的行為，所以會有進行式。think 也是一個兩種含義採用同一形式的思考動詞。

若我說 think 這個動詞總而言之就是使用層面很廣泛，報告完畢…。

這樣的解說方式好像有點不近人情。好吧，那我們就實際來看看 think 的用法到底有多廣泛。請稍微瀏覽一下下面這張表，看完之後請立刻忘了這張表。你只要有「原來 think 也有這樣的用法」的體認，相信漸漸地你就能充分活用這個動詞了。

| | |
|---|---|
| <br>認為（意見） | • I **think** the death penalty should be abolished.（我認為應該廢除死刑。）<br>• What do you **think** of our book?（你認為我們的書如何？）<br>「認為～」之意，用以積極地表達自己的主張或意見。 |
| <br>覺得（不確定） | • I **think** the movie starts at 6 but I'm not sure.（我覺得那部電影是在 6 點開始，可是我不太確定。）<br>「覺得～」之意，用以表示不確定的發言。 |
| <br>想到（預期） | • I never **thought** I'd live to see the day!（我沒想到我居然能活著看到今天。）<br>例如：兒子居然請你喝酒等。中文裡也有這種「想到」的用法。 |

| | |
|---|---|
| <br>想想～的情形 | • Just **think** how wonderful it would be to win the lottery.（想想看中彩券是多麼令人興奮的事。） |
| <br>思考 | • You should **think** more before you act.（在付諸行動之前請你多思考一下。）<br>• Philosophers have **thought** about the existence of God for centuries.（好幾個世紀以來哲學家們都在思考上帝的存在。） |
| <br>看作、認為 | • I **thought** her a reasonable woman.（我認為她是個明理的女人。）<br>• I know the headmaster **thinks** highly of you.（我知道校長很賞識你。） |
| <br>想起、想出 | • Why is it that I can never **think** of anyone's name?（為什麼我想不起任何人的名字？）<br>• We're trying to **think** of the best route to take.（我們正試著想出最佳的路線。） |

　　仔細看完上面的用法，有沒有各位原本不知道的用法呢？

## 避免過於武斷

中文裡也常用「我想…，我覺得…」來避免將話講得過於武斷。

- I **think** actually it might be a good idea to rewrite this proposal. （我覺得或許這個提案重新寫過會比較好。）
- Thanks anyway but I don't **think** I will. （總之謝謝你，不過我不想這麼做。）

為了言語不要刺傷到對方，而以「我覺得這麼做是不是比較好」、「我不想這麼做」等說法委婉地表明自己的主張，拒絕對方的要求，這種說話技巧中文裡也有。如果上面例句改成下列說法的話：

- Rewrite this proposal.
- I won't do it.

會讓人覺得很失禮。前一陣子我打算取消早就約定好的家庭旅遊計劃，也使用了這個技巧，「哎呀！因為…就是那本書嘛…好像趕不完，所以啦！我『想』明天的迪士尼樂園就暫時延期好了！」結果，拗不過我女兒，還是得去。

下面的例子也是一樣的用法。

- "I **thought** we could invite my parents for the weekend." "Huh?!"（「我想我們可以邀請我爸媽週末過來。」「什麼?!」）

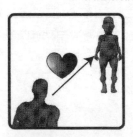

## 關懷

think 也能用以表示為某人著想，帶有心裡會掛念著某人，必要時會願意對他付出關懷、為其付出的語感。

- Her husband never **thinks** of anyone but himself, playing golf every chance he gets. (她先生只顧自己，從不為他人著想，只要一有空就去打高爾夫。)
- How sweet of you to **think** of me on my birthday! (謝謝你記得我的生日！)

believe

這個動詞沒有問題吧！就是「相信」嘛。和 think 相比，**believe 帶有不只全部的思維被降服，其信念更深植心中的語感**。相對於此，thinker 指深入思考事物的人，例如思想家等，焦點著重在腦部的思考活動。而 **believer** 指的是深信某種事物的人，例如神的信仰者，焦點著重在內心的堅定信仰。believe 是深入 gut（內心深處）的，**打從內心深處相信，並不斷地告訴自己「就是這樣，就是這樣」**。

如果大家已經完全了解 believe 的基本意象的話，應該就能掌握 believe 的語感了。我們來看看幾個例句。請各位體會一下 believe 與 think 的差異。

- I **thought** about what he said but I don't **believe** a word of it.（我雖然想過他所說的話，但我完全不相信。）
- The more I **think** about it, the less I **believe** it.（我愈想愈覺得不能相信。）
- Never say you **think** that we can make the deadline; at least say that you **believe** we can make the deadline.（別老說你「覺得」

我們趕得上截止日期，至少你也要說你「堅信」我們一定趕得上截止日期。）

沒問題吧！ think 只是在腦中思考事物，而 believe 則是**更深深地確信「就是這樣」**。讓我們看看上面第三個例句，內容宛如資深業務員對新進業務員的訓勉。要是業務員經常不是很有自信地說「我覺得～」，你會希望與他進一步洽談嗎？業務員應該要用更堅定的口吻、要有更充滿信心的表現才行。所以，一定得用 believe。

 **衍生意象**

請各位看幾個常見的用法。

**難以置信**

這也是中文常見的說法，在非常驚訝時會這麼說。

· I passed my driving test—I don't **believe** it!（我考到駕照了——真令人難以置信。）

· I asked her to marry me and she said yes. Can you **believe** it?（我向她求婚，她居然答應了。你相信嗎？）

和中文「真是難以置信，他竟然會做出那種事」的用法類

似，英文的 **believe** 也可以使用在**氣憤、感到意外**的時候。

- He's still not paid me back the $1,000 he owes me. Can you **believe** that?（你相信嗎？他還沒將 1,000 美元還給我。）
- She's gone off with my best friend. I just can't **believe** it.（她竟和我最好的朋友一起跑掉。我真不敢相信。）

## believe in～

believe in 並非意義的衍生，只是因為大家都好像不太會用這種用法，所以特別將它提出來說明。在升學參考書中常隨興的解釋其意義，「believe＝相信～說的話；believe in＝①相信～的人格。②相信～的存在」。確實是這樣嗎？其實不然。首先，以英語為母語的人絕不是這樣死記這個解釋。第二，

- Do you **believe in** co-education?（…男女合校…？）

這句話應該譯成「你覺得男女合校如何？」才對吧！

與其死記這種硬繃繃的譯法，倒不如記住 believe 的基本意象。換句話說，這個人的 **belief**（相信）是朝向某個事物的內部 (**in**)。什麼？好難？那就再多舉幾個例子吧！

- I **believe** him.
- I **believe in** him.

believe him 的說法，所相信的只不過及於表面的他（他的說詞之類的）。而 believe in him 的說法，believe 的範圍就深入到構成這個人的人格層面。這一切都只是單純的意象衍生而已，不是嗎？

- I **believe in** God.（我深信神。）
- I **believe in** horoscopes.（我深信占星術。）
- We **believe in** giving everyone a fair chance.（我們堅信每個人

應被賦予平等的機會。）

你瞧，每句話中的 believe in 是不是都令人感受到「深信」其存在、其力量、其正確性…等呢？只要記住 believe 的意象即可。因為這正是以英語為母語的人對這個字真實的感覺。

**MORE SPECIFIC**

# consider

基本意象

consider 的基本意象是「仔細考慮」。帶有腦筋迅速不斷地轉動，仔細思考判斷的語感。

- I'll **consider** the matter carefully.
  （我會仔細考慮這件事。）

衍生意象

我認為是這樣

consider 這個動詞雖然也有類似 think「認為」的用法，但是 consider 具有「這個好呢？還是那個好呢？經過反覆再三思量之後才做成結論」的感覺。

- I don't **consider** it wise to invest all the money in the stock market.（我不認為將所有的錢都投入股票市場是聰明的。）

- They should **consider** themselves lucky—no one was killed.

（他們應該慶幸沒有任何人遇害。）

· How do you **consider** my chances of getting the job?（你認為我有機會得到那份工作嗎？）

| 不聰明 | 幸運 | 我怎麼會知道 |

　　順帶一提，consider 原本就有「仔細觀察星星」的意思，雖然 consider 當中的「看」的語感已漸漸消失，但是「看」與「想」之間其實存在著密不可分的關係。consider 僅存之「看」的語意可在下面例句中看出殘留的影像。

· The dealer **considered** the antique with an expert eye.（經銷商以專家的眼光仔細地觀察這個古董。）

　　不過，這個例句中的 consider 並非只是純粹地表示「看」，有一半帶有「這幅畫有多高的價值？」、「是否要買呢？」這種「考慮」的感覺。consider 當中「看」的語感在未來極有可能會完全消失。

MORE SPECIFIC

suppose

基本意象

基座

suppose 的基本意象原本就是**存在於心中的基座**。或許各位一開始會覺得一頭霧水，但是，只要掌握住這種感覺後，不論語意衍生地如何困難，都可以輕易地征服這個動詞。下面我們就趕緊來看看其衍生意義吧。

衍生意象

不會動搖

猜想、推斷

以「基座」為基本意象的 suppose，其衍生意象的第一棒就是「猜想、推斷」。乍看之下或許覺得很複雜，其實不然，這樣的語意並未偏離基本意象。基座這種意象本來就會令人聯想到不容易動搖的事物，所以產生了「**我認為一定是～、把～視為理所當然**」的語感。

- What do you **suppose** they want?（你認為他們想要什麼？）
- He'll be coming later, I **suppose**.（我認為他稍後就來。）

假設

除了「猜想、推斷」的意義之外，suppose 還有幾項特殊的用法。不過別擔心，不會很難。只要牢牢記住 suppose 的基本意象為「**存在於心中的基座**」即可。

首先，請看下面例句。為什麼會有這種意思呢？

- **Suppose** your wife left you, what would you do?（假設你太太離你而去，你要怎麼辦？）
- Let's **suppose** they *are* coming.（讓我們假設他們會來。）

為什麼 suppose 會產生「假設」的語意呢？這當然是由基座衍生而來的，就是把suppose 接續的狀況放在心中的基座上來思考該狀況而已，根本不需要特別去記憶什麼「假設、假定」的翻譯。

再舉一個類似的例句。

- This entire plan **supposes** the support of all the work force.（這項計劃是以全體員工的支援為前提。）

這不也是以基座的意象來思考的嗎？

理應如此

## be supposed to

這是非常慣用的用法。

· Students **are supposed to** pay attention in class.（學生上課時應該專心。）

· People under 20 **are** not **supposed to** drink alcohol.（未成年者不應該喝酒。）

這是一般人不太會用的句型之一，但各位從 suppose 的基本意象「存在於心中的基座」的觀點來看，是否已經掌握住以英語為母語的人對 be supposed to 的語感了呢？社會中通常將常規、習慣、法律等視為不可違反的事，將這些被視為「理所當然」的事放在心中的基座上作為基準來考量，就是 be supposed to 的語感。所以我們常將這種句型譯成「應該～」就是因為這個緣故。當然囉，這種用法並不侷限於法律等較嚴肅的情況下才能使用。

· **Are** we **supposed to** answer all these questions?（我們應該回答所有問題嗎?）

你們看，這句話的重點一樣是「應該」。

# expect

心中預期…

當然

或許曾經聽別人說過，或許是根據自己的經驗、知識來判斷，**對於某件事情心中預期「嗯…當然是這樣」**。這樣的語感正是 expect 的基本意象。

· I **expect** they'll be back soon.（我想他們很快就會回來。）

或許剛剛在電話中已經聽到「馬上就回來」這樣的訊息，或許說話者認為「他們只是去便利商店買一下東西，應該很快就會回來」。總之，說話者的預期心理是「當然就快回來了」。

雖然這個動詞並沒有想像中那麼困難，但有一點必須注意的是，由於一般人都將 expect 譯成「期待」，所以很容易誤以為只用於期待好的事物，其實 expect 也可用於期待壞事的發生。

· If you **expect** the worst it may well happen!（如果你凡事都往最壞處想的話，它就可能發生。）

· The police are **expecting** trouble at the match today.（警方認為今天的比賽或許會發生糾紛。）

接下來我們就多看些例句來培養對這個字的語感。

- I **expect** to arrive on the 7 o'clock flight. （我預計會搭 7 點的班機抵達。）
- You can't **expect** to pass the test without studying. （你不要期望不讀書就可以通過考試。）
- I **expect** that you have been to Europe. （我猜想你曾經去過歐洲。）
- I **expect** she'll give in eventually. （我覺得她最後一定會放棄。）

　　不費吹灰之力就記住了吧，真簡單！反正就是「心裡預期一定會這樣」就對了。

### 後面接名詞

　　接下來要說明的並不是什麼特殊的衍生意象。只是希望讓各位熟悉 expect 後面接名詞的用法。

- I **expected** you hours ago. （我以為你幾個小時以前就會到。）
- I am **expecting** an important e-mail. （我正在等一封很重要的電子郵件。）

- I was **expecting** at least a kiss from her. （我一直期待她至少給我一個吻。）
- Don't **expect** much sympathy from her. （不要預期她會給我們多少同情。）

# 狀況隱藏起來了

這和前面 expect 之後接續狀況的情形並沒有什麼不同。雖然表面上只有名詞，但是背後依然隱藏著「你會來」、「給我一個吻」的狀況。

## expect 的壓力

光看這個標題各位可能會覺得一頭霧水，我們先來看看下面的例句。

- My parents **expect** too much of me. （我父母對我的期待太高。）

大家看了上面的例句，是不是感受到父母對子女「這個孩子當然應該要這樣」的滿心期待呢？周遭的人心中都對自己有所 expect，當然不能辜負他們，讓他們失望。因此，expect 這個動詞也隱含了「壓力」的感覺。如果你能體會這樣的感覺，下面的例句自然迎刃而解。

- I **expect** this work to be finished by the time I get back. （我希望在我回來之前你能把這個工作完成。）
- I **expect** you to wear a suit at work. （我希望你工作時能穿西裝。）
- All members are **expected** to obey the dress code. （所有人員都被要求必須遵守服裝規定。）

這些例句中給人感覺近乎命令的語氣即源自於 expect 本身所帶來的壓力。

當然 expect 的壓力並不一定都是如此沉重的，有時也是一種甜蜜的負荷，例如，先生對太太說：

・I **expect** you to wait up for me.（我希望妳等我回家，不要先睡。）

像這樣的說法也很常見。但是，expect 令人感受到的壓力還是比 hope 的用法強烈得多。

**表**示思考的動詞就快要結束，接下來只剩下 2 個簡單的動詞而已…，啊！糟糕！還漏掉 know…，唉！距離終點怎麼還那麼遙遠。

MORE SPECIFIC

# understand

基本意象

understand 就是「知道、了解」的意思。沒什麼必須特別說明的語意。

- OK. I **understand**.（好，我知道了。）

understand 的「知道、了解」並不是像了解「相對論」這樣困難，請輕鬆的使用這個單字。

- She doesn't **understand** Japanese.（她不懂日文。）

- I'm beginning to **understand** what you're getting at.（我漸漸了解你想表達的意思了。）

- I can **understand** how you must feel, but that's life!（我雖然可以了解你的感受，但這就是人生。）

下面的句子和我們前面所說的「了解」有點不一樣，能理解嗎？

- I **understand** you to be a big soccer fan.（據我所知，你是個忠實的足球迷。）

- I **understand** she's working out in Africa.（據我所知，她正在非洲工作。）

- Am I to **understand** that you didn't even try to stop him?（我

是不是可以解讀為你並未試圖去阻止他?)

　　這種表達方式可以視為「我由某人那裡聽到了…,我是否可以將其解讀為…」之意。有些字典會把這樣的用法寫成 "＝ know",但這和 know 有一點點不同,這種說法並不像 know 那樣充滿自信。

　　這種說法通常帶有「**雖然我聽到…,但這是正確的訊息嗎?(Is that right?)**」**這樣的語感**。經常在談話中,有時會聽到對方提出「哦!我想不是這樣」的更正。

　　此外,這並不是 understand 的日常用法,也會給人過於「文謅謅」的印象。你想,如果你天天把「據我所知」掛在嘴上,還不「文謅謅」嗎?

# imagine

MORE SPECIFIC

imagine 指「在心中描繪出一個畫面，去想像」的意思。

· **Imagine** yourself lying on a beach in Bali.（請想像一下躺在峇里島海灘上的情景。）

imagine 不只表示美景在眼前展開時的想像。

· Can you **imagine** what it's like to be homeless?（你可以想像變成無家可歸的話會怎樣嗎?）

· I can't **imagine** living without you.（我無法想像沒有你的日子。）

imagine 也有和 think 同樣的用法。

· I **imagine** you must really miss your family.（我想你一定非常想念你的家人。）

· You'll all be starving, I **imagine**.（我想你們都餓了吧。）

基本意象

知識

　　know 如大家所知，是「知道」的意思。但是，請大家看看左圖，know 的基本意象是「腦中有知識」的意思，並不是指「懂、理解」這樣的動作，因此 know 不會有進行式。

・I'm not **knowing** her address. (×)

・I don't **know** her address.

因為 know 並不是一種行為，所以當然不會有進行式。

　　know 的基本意象並沒有我們想像中難，不過就是「知道」的意思。

・He **knows** where the post office is. （他知道郵局在哪裏。）

・I didn't **know** you could play the piano. （我不知道你會彈鋼琴。）

・Let us **know** if you need any help. （如果你需要任何幫助，請讓我們知道。）

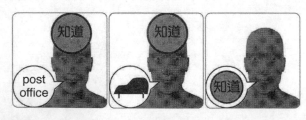

## 衍生意象

### 知識就是力量

各位一定聽過「知識就是力量」這種說法吧！沒錯，know 並不只是表示對某一知識的了解而已，這當中還會產生力量。下面我們就來確認一下 know 所擁有的力量吧！

- She **knows** French.

上面這句話難道只是單純地表示她對法語具有基本的了解？當然不是。這裡的 know 表示她不但會說法文還會寫法文，是如此深具力量的 know。

- She **knows** London.

當然，這裡的 know 也不是單純地表示她對 London 僅有粗淺的了解。如果跟她說「我想去倫敦玩」，她會告訴你「這個嘛！如果要買名牌的話一定得去 New Bond St. 才行。對了！如果錢不夠的話，在 Oxford St. 上有家 Citibank 很方便，只不過，櫃臺小姐的態度有點冷淡就是了。什麼？走到半路想上洗手間怎麼辦？這個嘛！在同一條街上有一家 Selfridge 百貨公司，你可以去那裡。那裡的洗手間好大，衛生紙隨你用！」就像這樣，她可以馬上幫你解決所有難題。know 就是這樣含義深遠的字彙。

咦？那如果沒有那麼精通的話，英文中又該怎麼表現呢？只要這麼說就可以了：

- She knows **some** French.
- She knows London **a bit** (**little**).

---

　　　　「know＋人」到底是多深入的了解？

　　「know＋人」的使用，並不像 know French／know London 一樣，如此強調了解的深入。如果真的要表示非常了解時，我們會用 know...well 的表現方式。She knows him. 通常表示見過這個人，知道他「是否結了婚」、「在做什麼工作」等許多個人方面的事情。雖說沒有那麼深入的了解，但和 She knows of him.（知道他的存在：聽過他的名字，知道他的風評）相比，就顯得深入多了。而且，有些情境下使用「know＋人」時，也能表現非常熟識的語感。

- Don't worry, I **know** Kate.（別擔心，我非常了解凱特。）

---

　　說明到這裡想必各位已經能夠理解 know 的力量及其意義的深遠了吧！

　　以下列舉幾個例句做個簡單的結論，請用心體會句中的語感。

- She **knows** her job.（她對自己的工作非常清楚。）
- He **knows** how to do it.（他非常清楚該怎麼做。）
- This guy really **knows** his stuff.（這個人真的對自己的工作很在行。）

　　想必各位已經了解 know 的語感不只是知識層面而已。而是「知道很多層面，能夠因應各種狀況，在別人面前展現出專業」的感覺。

### 判斷

這也是「知識就是力量」的一種。「知道」某件事，而能夠舉一反三，產生分辨其他事物的**判斷力**。

· I **knew** her as soon as I saw her.（我一看到她馬上就認出她來。）

· Would you **know** the thief if you saw him again?（假如你再看到那個小偷還認得出來嗎？）

· He doesn't **know** a spanner from a screwdriver—he's hopeless!（他不會區分螺絲起子和扳手，簡直沒救了！）

有名的句子：A man is known by the company he keeps.（觀其友，知其人。）也是「判斷」的用法。

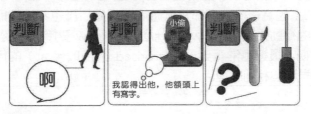

### 所見所聞、經驗

請回想一下之前說明過的 hear。我在書中曾經提到「聽到→知道」這種意象吧！這一次 know 也運用相同的意象，用來表示「所見所聞、經驗」。

· I've never **known** her to say a bad word about anyone.（我從來沒聽她說過任何一個人的壞話。）

· I never **knew** him to pay for a round of drinks!（我從來沒見過

他請別人喝一杯。）

· He has **known** a good deal for one so young.（他雖然年輕，但卻累積了相當多的經驗。）

· I've never **known** a winter like it.（我從來沒經歷過像這樣的冬天。）

　　所謂「知道」，…當然就是基於過去的經驗或所見所聞而了解，這樣的衍生意象相信不難理解。

---

**be known to 還是 be known by？**

This fact is known by very few people.

　　各位有沒有看過這樣的句子呢？英文教科書明明教我們 know 之後要接 to，而不是 by。當然，就介系詞本身的意義來考量的話，這裡的介系詞用 by 的確很奇怪，但是實際上以英語為母語的人卻經常使用 by。各位一定忍不住要問「為什麼？」因為一般大家都喜歡越簡單越好，誰也不喜歡麻煩，其他的被動式都使用 by，為什麼只有 know 要接 to，實在很不方便。最近也常看到 be surprised by（取代 at）的用法，這也是源於相同的理由。

# ⑦ 思考的過程

　　通往「思考」之門，其實有各種不同的道路。請各位回想一下之前提過的感官動詞吧！ see（看→了解、思考），hear（聽到→知道），feel（觸摸→覺得）等，上述這些動詞都是因為意義與「思考」相連結而衍生出其他意義。

　　與「思考」相關的動詞其實不只這幾個。我們來看看以下例句。

- I've always **held** that we should never have got involved in Vietnam.（我一直認為我們不應該參與越戰。）
- Am I to **take** it that you are refusing our offer?（我是不是可以當作你們已拒絕了我們的要求？）
- Oh, I **get** it now.（喔！我了解了。）
- It is difficult to **grasp** exactly what he means.（我很難確切掌握他想表達的重點。）

　　相信大家都可以理解 hold 等表示「抱、持」的動詞為什麼會衍生出「抱有某種想法」的意思，get，take，grasp 等表示「將某物拉到自己身邊」的動詞為什麼可以衍生出「了解」的意思。順帶一提，大家都熟悉的 comprehend（理解）也是由 -prehend（抓住）衍生而來的。重要的並非「中文釋義」，而是掌握字彙的意象。

# 6.

## 表示**傳達**的**動詞**

# 表示傳達的動詞
## (speak、talk、tell、say)

　　即使是慣用英文的人，要清楚分辨
上述四個動詞也不是一件容易的事吧！
咦？什麼？「很有自信能分辨清楚」？那
麼各位是否對下面例句的語感瞭若指掌
呢？這是每一個考生都很擅長的
**~oneself** 的句型…。

* I **spoke to** myself. (×)
* **Talking to oneself** is a sign of madness.
* I **told myself** I'd better be more careful.
* I **said to myself**, 'I'm lucky.'

　　各位覺得如何？是否發現沒有想像
中那麼簡單？別想得太複雜，其實一點
都不難。不過，得先把這一章讀完。敬
請期待！

　　在進入正式說明之前，請各位先記
住這四個動詞的基本差異，很容易就可
以學會的。

speak　焦點在於由嘴巴發出聲音

talk　　焦點在於對談（會話）

tell　　焦點在於訊息

say　　焦點在於嘴巴說出的話

# SPEAK

## 基本意象

首先就從最令人棘手的單字開始著手吧!

speak 是指**由嘴巴發出聲音**（所謂的聲音，當然是指「說出的話」)。這是上述四個動詞中最基本的動作，因為嘴巴如果不發出聲音，就無法構成「說話」這個動作…或許，這樣的說明還是不容易了解。接下來，我們就與 talk 做個比較。

talk 不只是嘴巴發出聲音而已，還包括「**會話**時你一句、我一句，**雙方你來我往的互動**」，例如:我們對正受某件事困擾的人說:「隨時歡迎你來找我商量」。

· You can come to me any time you want to **talk**.

因為是「彼此商量今後的作法」，而不是單方面嘰哩咕嚕地說明或指導，所以上面這個句子中，不可以將 talk 替換成 speak。我們再來看看下一句。

· Let's **talk** it over.（讓我們好好談談吧。）

相同地，這裡也不能換成 speak。各位聽過 **walkie-talkie** 這個單字嗎? 就是指無線對講機，而不會說成 walkie-speakie，因為無線對講機是讓會話成立的工具啊! 說了這麼多，也該進

入 speak 的正題了。總之，speak 就是「**由嘴巴說出話**」，而不是和某人互動的對話。為了讓各位更清楚這其中的分別，以下舉出兩個 speak 的例句。相信各位應可從中體會出 talk 與 speak 之間的差異。

· **Speak** slowly.（說慢一點。）
· Don't **speak** with chewing gum in your mouth.（不要嘴裡一邊嚼口香糖一邊說話。）

**說話**

雖說是衍生意象，但我們還是得從 speak 最基本的用法開始說明。

· He **speaks** English.

上面的例句中並不帶有會話互動的成分在內，只不過是發出說話的聲音。因此，這裡的 speak 應該詮釋成「具有說～的能力」。這一部分的說明就到此為止，我們再來看看其他的衍生意象。

**表示看法**

speak 並沒有和某人進行對話的意思，亦即，speak 是「**單方向**」(one way) 的訴說。如果能了解這一點，下面的例句應該不難理解。

· I don't want to **speak** about it right now.（我現在不想說。）
· My dad never **spoke** ill of anyone.（我爸爸從不說別人的壞

話。）

- She doesn't usually like to **speak** her mind.（她通常不太喜歡向別人傾吐心聲。）

你們看，上面各個例句全都帶有「不表示看法或意見 (no comment)」吧！

## 代表

這種意象的衍生相信對各位來說並不難理解，已不需再多做解釋了吧！

- I can't **speak** for everyone, but I feel sure most of us support you in this matter.（我的發言雖然不能代表每個人的意見，但我感覺這件事情大部分的人都支持你。）

這種用法是指代表某個團體對外發言，所以才會有 **spokesman** 的說法。總之，我們不會從 speak 的句子中感受到 communication（溝通）的感覺。

## 表示意見

接下來請各位看看下面的例句。

· I've **spoken** to the children about the bullying so there shouldn't be any further problems.（我已經責備孩子們不可欺負弱小，我想應該不會再發生類似問題了吧。）

感覺敏銳的各位應該已經能夠體會箇中含義，這也就是為什麼我在書中一再強調「speak 並非對話」。上面的例句中 speak 表示「給予意見（責備）」，既然是責備，就沒有對話的互動，亦即，這是「**單向地**」告知。只要**一方單向地**將意見告知對方即可，因此才用 speak。大家是不是愈來愈能掌握這個動詞的用法了呢？

## 演說

雖然這裡我用「演說」作標題，但大家不需要特別在意中文的譯法。總之，就是在人前發表自己的意見。

· The Minister **spoke** on the problem of air pollution.（這位部長發表了有關空氣污染的演說。）

有很多字典或文法書中會有像「speak 比 talk 的用法更 formal」之類的說法，我想在這裡先說明一下什麼叫作**比較 formal 的感覺**。什麼？「這種說法背下來就不就得了，何苦多費唇舌？」別這麼說，聽一下我的說明嘛！

前面已經說過 speak 並非對談的感覺，而是單方向的訴說，所以不會有你一言我一語這種會話的感覺。請大家想像一下，

在正式的場合中，往往都是**由地位較高者單方面地**發言，所以才會有「speak 比 talk 的用法更 formal」之類的說法。是不是很輕鬆易懂呢？那麼，如果我們把 speak 換成 talk 的話，又會怎樣呢？

- The Minister **talked** on the problem of air pollution.（這位部長談論了空氣污染的問題。）

是不是突然之間眼前會出現一個輕鬆訪談的畫面：「好的，請大家發問」、「請問部長，…是不是有這樣的情形呢?」、「嗯，就目前來說，…」…等親切對談的情景呢？

**各**位覺得如何？是不是又重新體會到基本意象的重要性了呢？對了，還有一點要請大家注意的是，千萬不要對 speak 與 talk 的差異太過神經質，不要一直去煩惱「到底是只有單方向的訴說呢？還是對談呢?」。speak 與 talk 在使用上的分別，還是有很多狀況是非常微妙的，並不需要每次都如此煩惱。因為像我們這樣的非以英語為母語的人在一些微妙的場合用錯字，以英語為母語的人根本不會介意。我向各位保證，只要大家將基本意象確切掌握住，一定漸漸就能分辨這兩個動詞的語感了。

想必大家對這個動詞已經很有概念了吧!

基本意象

　　talk 擁有比 speak 更深層的語意。它的基本意象是**彼此用言語對談、溝通**。請大家看看下面的例句。

・Her throat's so bad she can't even **speak** never mind **talk**.（她根本發不出聲音來,更不用說對談了。）

　　你們看,是不是感受到 speak 和 talk 的不同了呢? 再試試下面例句。

・Don't **talk** a word.（×）（不要說話。）

・Tom, **talking**.（×）（〔電話中〕我是湯姆。）

　　上面兩個例句都有問題,都應該用 speak 才對,知道為什麼吧。因為這兩句話都不是彼此用言語對談、溝通。只要抓住這種感覺,就可以完全掌握 talk 的用法了。

衍生意象

talk 這個動詞並沒有特別奇怪的衍生意義,所以各位只要

看下面的例句就能明白其意義了。

- I love listening to people **talking** Spanish.（我喜歡聽人們用西班牙文對談。）

　　你們看，是不是感覺到大家在用西班牙文「對談」呢？再試試下面這幾句。

- Come after dark－I don't want the neighbours to **talk**.（天黑後再來──我不希望被鄰居說閒話。）
- I have to stop seeing you－people are beginning to **talk**.（我不能再和你見面了──已經有人在說閒話了。）

　　沒錯，就是周遭的人在交頭接耳，有點議論紛紛的味道。此外，在 talks（對談）之前加上名詞，諸如 **arms talks**（限武談判），**peace talks**（和平會談）等也十分常見，這些用法也都充滿著對談的含義。

## 輕鬆點，別太緊張

　　請看下面的例句。

- My baby **talked** for the first time!
- He is training a parrot to **talk**.

　　看了上面這二個句子之後，或許你會反問「這根本不是在對談嘛！嬰兒和鸚鵡雖然會發出聲音，但是根本不會與人交談」。請大家放輕鬆一點，學語言其實並沒有那麼多規則需要遵守的。

　　各位不也常這麼說嗎？

　　小寶寶開始說話了。好可愛。

　　小寶寶的牙牙學語未必真的到了值得嘉獎的程度。小寶寶也並不是真的「說話」了，頂多就是發出類似「嗚嗚」、「嗯嗯」之類的聲音。但是，巴望著小寶寶趕快長大的父母，把這聲音當作「說話」的心情，各位可以理解嗎？其實鸚鵡的情況也是

一樣的，會把鸚鵡的隻字片語當作真的在「說話」是基於人們
的愛與感性。總之，你只要記住 **talk** 代表的就是 **communica-
tion** 即可。

# TELL

tell 這個動詞**將焦點放在訊息 (message) 的傳達**。各位聽過 **fortune-teller**（算命師）嗎？因為他可以告訴我們另外一個世界（不知是否真實存在）的訊息。所以，各位可沒聽過 fortune-sayer 或是 fortune-speaker 之類等的說法吧！

· She **told** me she was an actress.（她告訴我她曾經是個演員。）

· He refused to **tell** me where he'd been.（他拒絕告訴我他去了哪裡。）

看吧！是不是有傳達訊息的感覺呢？當然，tell 也可以衍生到書面訊息。

· I'm writing to **tell** you our holiday plans.（我會寫信告訴你我們的假期計劃。）

有時候在某些情況下，狀況本身也會傳達某個訊息。

· His short strokes **tell** you that he's getting tired.（他的動作變小表示他已經很累了。）

· My instinct **tells** me it's time to leave.（我的直覺告訴我差不多

該離開了。）

tell 的衍生意象也十分單純！各位不用害怕。

**指示、命令**

　　將某個訊息傳達給某個人最典型的情況之一便是「指示、命令」。

・Who are you to **tell** me what to do?
　（你憑什麼可以叫我做什麼？）

・I **told** him to leave her alone or else.... （我告訴他不可騷擾她,否則…。）

　　當然, 這並不代表「tell＝命令」。tell 只是傳達一種訊息,這才是 tell 真正的意義。當然, 其語感也會依狀況的不同而有些許的變化。

・We **told** you to have the car checked before buying it! （我們早就告訴過你在買車之前要先檢查看看！ told＝建議）

・Everyone **tells** us not to try drugs. （每個人都告訴我們不可以嘗試毒品。 tells＝警告）

知識

　　在 tell 的衍生意象中，最有趣的就是這一項。tell 可以由表示傳達訊息的基本意象衍生為具有某種「知識」。

・Can't you **tell** that they're just using you?（難道你不知道他們只是在利用你嗎?）

・I can **tell** it's a wig.（我知道那是假髮。）

　　這之間的衍生關係其實很簡單！因為能夠告知他人某種訊息，當然表示自己知道這件事。tell 之後還可以加上 from，例如:

・Look at those identical twins—you can't **tell** one **from** the other.（看看那對同卵雙胞胎。你能分辨出誰是誰嗎?）

　　from 是表示距離感的介系詞。由「從～」（起點）的基本意象產生出距離感。由此又衍生出「區別」、「差異」的語感。be different from 就是一個例子。上面這個例句也是基於同樣的理由。

　　因此，「將…加以分辨後說出」便衍生出「了解…的差異，可以做出判斷」的意義。

　　有關 tell 的說明就到此為止。是不是太簡單了呢?

　　表示傳達的動詞總算說明到最後一個。不過，各位可不能就此鬆懈喔！

　　　　　　　　　　say 這個傳達動詞將焦點放在 words（話語）上。

- What did you **say**?（你剛剛說了什麼？）
- **Say** sorry/thank you.（說對不起／謝謝。）

　　你們看，每一個例句的**焦點都是話語**吧？以下再舉幾個較長的例句，同樣地焦點也是放在話語。

- I must **say** how honoured I am to be here.（我必須說能受邀來訪實在榮幸之至。）
- I have to **say** that I'm surprised by your reaction.（我必須說你的反應實在讓我驚訝。）
- I have nothing to **say** to you or anybody else.（我對你或是其他人已經無話可說。）

光榮　　驚訝

當然，能夠 say... 的並不限定於主詞是人的情況下。事實上，以事物當主詞也都可以用 say 喔！

- The sign **says** clearly you can't smoke.（這標示寫得很清楚，這裡禁菸。）
- All the evidence **says** that he's guilty.（所有的證據都告訴我們他有罪。）
- She says she's confident but her face **says** the opposite.（她雖然表示有自信，可是她的表情卻告訴我們不是那麼一回事。）

很容易吧！中文裡不也有「書裡面沒有這麼說」這種用法嗎？那麼，接下來我們就來看看 say 有哪些衍生意義。別怕，一點都不難。

常言道

很抱歉，下面要說明的用法並不是什麼意義的衍生。因為很常用，在此簡單做個介紹。

- **They say** you only live once, so go for it!（常言道人生只有一次，不是嗎？好好加油吧！）

・**It is** often **said** that English food is terrible, but I disagree.（常有人說英國食物很難吃，我倒不這麼認為。）

各位看了右邊的插圖即可了解。第二個例句用了被動式，所以會產生「被大家這麼說、大家都這麼說」的效果。

### 霓虹看板

各位是不是看到「霓虹看板」又感到一頭霧水了呢？不過，仔細研究以英語為母語的人的語感就會發現正是這種感覺。讓我們先來看看下面的例句。

・**Just say** the world was going to end next week─what would you do?（假設下個星期世界就要滅亡，你會怎麼辦？）

・**Let's say** she does leave you, there are plenty of other fish in the sea.（天涯何處無芳草，何必單戀一枝花。）

字典上通常都這麼寫著：「**Let's say**..../**Just say**..../**Say**....＝假設…。」，但以英語為母語的人在說這些話時又是抱持著怎樣的想法呢？

請各位回想一下 say 的基本意象，焦點是放在「**話語**」上吧！上面這種用法並未偏離這樣的基本意象，只是將話語丟給對方而已。**為了讓對方能夠清楚看到，讓對方能夠仔細思考，就像將要說的話亮在霓虹看板上一樣的感覺。**

　　將該話語亮在霓虹看板上只是希望對方「想想看這樣的一件事」。因此，中文才會譯成「假設…的話」。

　　當然，say 的意義不只如此。亮起霓虹看板的情況還有很多。

・Why don't you come round to my place, **say**, about 8:30?（你可以到我這裡來，我看，8 點半左右怎樣？）

・We could, **say**, go to the movies?（這個嘛，我們去看電影怎樣？）

　　**亮起「8 點半左右」、「去看電影」的霓虹看板是希望讓對方考慮看看「這個建議如何？」**。字典雖然解釋成「與 for example, roughly（大約）同義」，但是 say 的用法還是和它們有著微妙的差異。

・Ants eat various things, **for example**....

・Ants eat various things, **say**....（×）

・The train arrived **roughly** at eight o'clock.

・The train arrived at, **say**, eight o'clock.（×）

　　上面這些例句根本沒有「亮起霓虹看板讓對方考慮」的含義，根本不帶有「你覺得怎樣？」的語感，因此不能以 say 取代。say... 蘊藏的含義是霓虹看板，亮起話語的霓虹看板請問對

方「你覺得如何?」。對方一邊看著霓虹看板, 一邊考慮「怎樣才好呢?」。

　　各位根本沒有必要去死記「假設」或是「例如」等中文翻譯。只要記住 say 的意象是霓虹看板就夠了。

**有**關「表示傳達的動詞」就到此告一段落。

## ■總結

　　看完上面的說明, 各位感覺怎樣? 是不是覺得豁然開朗呢? speak, talk, tell, say 在使用上的分別其實並沒有那麼難, 只要記住基本意象相信就可應付自如了。接下來我們來談談本章一開始的那個問題。

- I **said to myself**, "I'm lucky."
- I **told myself** I'd better be more careful.
- **Talking to oneself** is a sign of madness.
- I **spoke to** myself. (×)

　　現在應該都能理解了吧! say 的焦點在於話語, 第一個例句表示對自己這麼說。tell 的焦點在於訊息, 第二個例句表示給自己「要小心一點」的指示。talk 的焦點在於 communication (溝通), 所以第三個例句表示自己和自己說話。最後的 speak 為發出聲音, 要怎麼做才能自己對自己發出聲音呢? 這是不可能的。

　　那麼, 各位應該已經完全能夠體會這些傳達動詞的基本意象了吧! 以下舉出一些錯誤的例句, 請大家想想看錯誤在哪裡。對大家來說, 要找出錯誤應該是輕而易舉的事吧!

a. I spoke that he was a spy. (×)

b. I spoke Tom to do it. (×)

c. I talked that he was a spy. (×)

d. I talk Tom to do it. (×)

e. He told. (×)

f. He told with Tom. (×)

g. I said him to do it. (×)

h. I said with Tom. (×)

　　知道哪裡怪怪的吧！ 你們所體會到的正是以英語為母語的人所擁有的基本意象的力量。

---

**解答**

a. speak 是指「發出聲音」, 後面接續 that 所引導的一段話, 是不是有點格格不入的感覺？

b. speak 只有「發出聲音」的意思, 不可以在 to 之後接指示。

c. talk 指互相對話, 不可以在 that 之後單方面的接話。

d. talk 之後也不可以接指示。

e. tell 之後應接訊息。 此句缺少了最重要的訊息。

f. tell 之後應接訊息, 而不是互相對話。

g. say 之後應接話語, 不可以接指示。

h. say 也不可以用在互相對話。

　　如上所示, **單字的意義（意象）會大大左右句型**。因此, 擁有正確意象的以英語為母語的人, 不論是 v.i.（不及物動詞）或是 v.t.（及物動詞）, 不論是 that... 或是 to..., 都不需死記句型即可正確的使用。只要各位能將單字的意象掌握清楚, 就可以跟以英語為母語的人說得一樣好囉！ 總之, **最重要的就是單字的意象**。

---

# 7.

## 表示**取得**的**動詞**

## 表示取得的動詞

　　以下收集了各種表示取得的動詞。這類動詞中最接近原義「取得」的兩個字就是 get 和 take。特別是 get，其意義很廣泛，十分好用。請各位輕輕鬆鬆地學會這些動詞的用法吧！

# GET

一聽到 get 這個動詞時，在各位的腦海中浮現的是什麼呢？或許大家會說「中文翻譯應該是『到手、取得』的意思」。這樣的解釋雖然也對，不過，請大家試著將以英語為母語者對 get 的語感與剛剛的中文翻譯結合並加以延伸，如此，相信各位一定可以將 get 用得更得心應手。

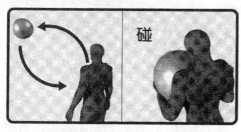

碰

請各位仔細看一下左邊的插圖。get 的基本意象就是「愈來愈靠近某樣東西…碰！（get 的聲音）」或是「某樣東西愈靠愈近…碰！」。這樣了解嗎？get 的意象並非只有碰的聲音，也不是突然就 get 到某樣東西。get 的意象往往會有「動作」伴隨，**我們在 get 之前會一直感覺到動作的存在**。

嗯…好像有點難懂。沒關係，我來舉幾個例句幫助大家理解。

・Oops...Quick, **get** a cloth!（哎呀！ 快點！ 拿條抹布來！）

你瞧！抹布並不是碰地一聲就突然得到，這句話是要他人幫忙去廚房或是其他地方將抹布拿來。你們看，是不是感覺到「**動作**」了呢？

· The police **got** the thief.

· Will you **get** me a beer, please?

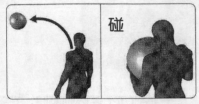

　　上面 get 的例句中明顯可以看到「追捕」、「去商店買或去冰箱中取出」這樣的動作。當然，get 的動作並不一定都會那麼明顯地表現在句子中。

· I **got** it at the bookshop on my way home.（回家途中我在書店買的。）

　　雖說是在回家途中買的，但句中還是帶有一點點動作的感覺，不是嗎？沒錯，get 是透過這些動作，例如發現這本書，拿到櫃臺結帳等而得到。再舉一個例子。

· At last I **got** the gold medal.（最後我得到了金牌。）

　　你們看，是不是一樣感覺到動作了呢？並不是碰地一聲就突然得到，還是帶有動作的。不斷地贏了每一場的比賽，再接再厲地努力⋯然後離金牌愈來愈近⋯最後碰地得到金牌。解釋到這裡相信接下來的例句對各位來說已不是難題了。

· Yeah, I **got** it!（〔接獲錄取通知的學生〕太棒了，我錄取了！）

　　這當然也不是碰地一聲就拿到的，是靠自己不斷的努力而得來的。因此，get 是帶有成就感的表達方式。

　　是不是愈來愈進入狀況了呢？之前所舉的都是往目的物靠近的例句，以下則舉幾個目的物往這邊靠近的例句。

· I **got** a doll from my father.

· I **got** a letter/a phone call from him.

　　請各位看插圖。上面的例句有「娃娃、信件等目的物向這

邊逐漸靠近…碰！拿到了」
的感覺，不是嗎？當然，目
的物並不侷限於具體的物品，
抽象的事物也可以。

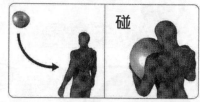

- I **got** the feeling that he didn't want to see me anymore.（我覺得他好像不想再看到我了。）

- I **got** the impression that they were hiding something.（我覺得他們好像隱瞞了我什麼。）

- I **got** a headache from drinking too much.（我因為酒喝太多，頭好痛。）

　　不論是 feeling, impression 或 headache，在意象的世界中，get 的感覺都是相同的。我們一樣可以感受到「它們愈靠愈近…然後碰地得到」的動作。

　　我們來做個歸納吧！get 並非毫無脈絡可循的碰地一聲就到手了。**在 get 之前，這當中會讓人一直感覺到有動作的存在**（逐漸靠近目標物或者是目標物愈來愈靠近）。但是，我在這裡有一個請求，希望各位不要太過於神經質。不要一看到 get 的句子

就開始思索「這裡的 get 是什麼動作呢？」，等你想到，天都要黑了。當然，也會有像「去哪裡 get 某物」這樣明白顯示「動作」的情況，不過，大多數的情形下都不會明顯地表示出動作。總之，只要記得 get 帶有「動作」的味道就夠了。這也正是以英語為母語者的感覺。

### 衍生意象

### 簡單的衍生

對於已經學會 get 的基本意象「帶有動作的味道」的各位來說，衍生意象實在沒什麼了不起。應該很快就可以了解才是。首先就從最有名的「**到達～**」開始吧！

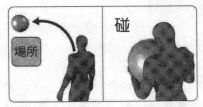

* What time do you **get** there?（你何時會到達那裡？）

　　沒問題吧！各位應該可以感覺到 you 的動作。沒錯，就是愈來愈靠近…碰！

　　接下來是「**理解**」。

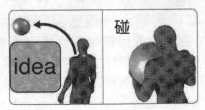

* "**Got** it?" "Yeah, **got** it!"（「了解了嗎？」「嗯，了解了！」）

　　指朝著 idea 漸漸移動…然後碰地豁然理解了。

　　接下來，再將難度提高一點吧！各位了解下面這句話的意思嗎？

* I'm looking forward to **getting** to know you better.

　　大部分的書裡都會將 get 譯為「變成」，怎麼翻譯當然並不重要，重要的是你的腦海中是否湧現了意象。這句話給人的感覺是，當新進員工被介紹給其他同事時，致詞結束後，公司的

老同仁對這位新進員工說「我期待以後能和你多多接觸，彼此了解」，就是這樣的意象，沒問題吧。也就是「**慢慢移動到變成to 之後的狀況…然後碰！**」的感覺。

· Will I ever **get** to be a pro player?（我可不可能成為一名職業球員呢？）

· How did she **get** to hear about my accident?（她為什麼會知道我發生車禍的事呢？）

只要學會 **get** 帶有「**動作的味道**」的基本意象後，之前千辛萬苦背誦的中文翻譯，好像突然之間變得毫無意義了。

最後，請各位想想，下面的例句用 was 或用 get 有什麼不同？

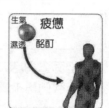

· He **was/got** angry.

· He **was/got** tired.

· He **was/got** wet.

· He **was/got** drunk.

get 之後經常會接形容詞，這種心情各位可以理解吧！和靜態的 be 動詞相比，get 帶有的動作感覺比較顯著。這兩者的區別不需要在這裡佔用篇幅解釋，這種程度的問題，應該難不倒大家才是。

好了！想必各位已經對 get 的語感有相當程度的了解。再次強調，只要能夠把「**動作的味道**」記住就能夠輕鬆掌握 get 的意象。我們就以這種感覺繼續向下挑戰吧！漸漸地，各位絕對可以更得心應手地運用 get。

## get ＋ 狀況

這個標題是不是看起來有點眼熟呢？ get 和 have 一樣，之後也可以接狀況。亦即，**get** 某個狀況。我們趕緊來看看例句吧！

・Tom **got** him mad.（湯姆激怒他了。）

和 have 一樣，以英語為母語的人是這樣看這個句子的。

| 狀況 |
|---|
| Tom **got** 《him mad》. |

上面這句話只是表示 get "he (is) mad" 這個狀況，很簡單吧！那麼，我們再來看下一個例句。

・Let's **get** all the luggage into the car.（讓我們把所有的行李放進車子裡。）

只要照下面的方法來看這個句子便不難。

・Let's **get** 《all the luggage into the car》.

接下來好戲要登場囉！

・I **got** my parents to babysit.（我請爸媽幫我照顧小孩。）

這樣的句子雖然很常見，但各位都是怎麼記下來的呢？ 學校的文法書裡一定教大家這個句型是：「get ＋ 受詞 ＋ to 不定詞」，但還是很難理解。以英語為母語的人卻可以輕鬆自如地運用這種句型，當然，他們可不是硬記這種複雜的文法公式。那他們到底是如何思考的呢？ 想必各位已經慢慢注意到了吧。

| 狀況 |
|---|
| I **got** 《my parents to babysit》. |

沒錯，這只是**單純地 get**《某個狀況》而已。表示取得 my parents babysit 的狀況。我們再來多看幾個例句。

・I'll **get** 《John to help you with the dishes》.

（我會叫約翰幫你洗盤子。）

・I **got** 《her to translate my speech》.

（我請她來擔任演講的口譯。）

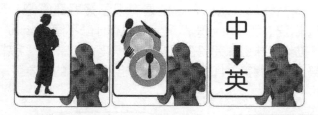

　　很簡單吧！再試試下面這個例句。

・We **got** an alarm system installed.（我們設置了警報裝置。）

---

**狀況**

We **got** 《an alarm system installed》.

---

　　上面這個例句使用了過去分詞，用以表示被動語態。亦即，取得了 "an alarm system (is) installed" 的狀況。以下再舉兩、三個例句。大家只要連續唸 5 次就可以琅琅上口了。

・If we don't **get** 《this book finished by Monday》, we're in trouble.

（這本書在這個星期一之前完成不了的話，我們就麻煩大了。）

・We must **get** 《the grass cut before it rains》.

（我們必須在下雨之前將草割好。）

有關「get＋狀況」的說明就到此為止…，已經懂了嗎？還是很不以為然呢？想必各位還是有很多疑惑難解吧！例如：「『get＋狀況』和『have＋狀況』到底有什麼不同？」或是「get帶有『動作的味道』究竟在哪裡?」…等等，別急嘛！我當然會說明囉！請參閱第 211 頁。和 have 相比，get 的意象可深奧多了。

## 注意事項

最後，簡單說明一下使用 get 時需要特別注意的事項。

get 依前後文的不同而有截然不同的語意，其變化幅度相當地大。get 之所以擁有這麼豐富的語意，實在是因為大多數的動作簡化之後都可以用 get 來取代。例如，buy（買）這個動作，經過簡化後即可用 get 來表示。

- I **got** it at the local supermarket.（我在當地的超市買的。）

  以下各個動作也都可用 get 來替換。

- She called to see if she could **get** tickets.（她打電話詢問是否可以買到票。）

- My husband was **getting** a great salary before the recession.（不景氣之前，我先生領的是高薪。）

- I'm trying to **get** a job at a travel company.（我嘗試在旅行社求得一職。）

　　如上所示，雖然 get 實在是個相當好用的動詞，不過，有兩點必須請各位注意。

　　首先要注意的是：沒有前後文的話，幾乎無法了解 get 真正的意義。這就是意義廣泛的動詞的宿命。突然被問到像下面這樣的句子，誰會知道在問什麼？

- Did you **get** it?

　　到底是要問買到書了嗎？還是要問找到工作了嗎？還是問對方「了解了嗎」？一點線索也沒有的話，實在是令人一頭霧水。所以在使用時必須注意將前後文交代清楚。

　　此外，**get** 也常給人一種鬆散的、不正式的印象。因此在使用上更必須小心。

　　像中文裡也有「搞砸了」之類的用法，這種用法當然比「沒做好這件事」給人更為不正式的印象。類似的用法譬如：演唱會遲了半小時還不開演，也許會有人破口大罵「搞什麼飛機」、三個同學約好了一起去看展覽，其中一個人卻遲遲不見蹤影，其他兩個人只好自我安慰「搞不好他路上耽擱了」、財團與黑官勾結，貪污事件層出不窮，學者專家批評時說「這根本就是惡搞」。上述的狀況和 get 的情形是一樣的，它們的用法都非常廣泛，可使用在許多不同的情況下，但卻都給人不夠正式的印象。

　　順帶一提，「搞」這個中文字有時會因上下文的含義，甚至有「性交」的意思。這一點，get 也有。

- I'm not **getting** any these days.（我有好一陣子沒有那個了。）

　　意義廣泛的單字大都帶有含糊的語感，因此正好可以用來表達類似上述這種難以啟齒的事。

**有**關 get 的注意事項就說明到這裡。get 僅由 3 個字母組成，居然擁有那麼豐富的意義，真是了不起。請各位徹底征服 get 吧!

## ⑧GET＋狀況與 HAVE＋狀況

　　事實上在之前 get 的說明當中，筆者遺漏了一項重點。想必各位已經注意到了。那就是 get 與 have 的差別。have 也和 get 一樣，之後都可以接狀況。當然「get＋狀況」和「have＋狀況」之間有著非常微妙的差異。不過，這個差異可以說是「一點點味道的不同」而已。以英語為母語者也不會特別去留意這之間的差異。若是高中生問我「這兩者有何差別?」，我一定會告訴他「幾乎沒有差別」。但是，各位可不是一般的讀者，一定會想深入追究那一點點語感上的不同吧!那麼，就請各位閱讀以下的說明。不過讀過之後請馬上忘掉。這樣一來，在各位腦中留下的語感應該就會和一般以英語為母語者感受到的差不多吧!

### ■get 的意象╱have 的意象
　　首先，請各位回想一下 have 和 get 的基本意象。get 是「動作」，我們會感受到在 get 之前的動作（愈來愈靠近目的物;目的物愈來愈靠近）。那麼，have 又如何呢?

・I **have** a mobile phone.（我有行動電話。）

　　當然，have 不會讓人感受到「得到行動電話之前的行為、過程」。只是單純的 have。下面這個例句乍看之下很像是表示「動作」。

• He is **having** dinner with his fiancée.（他正和他的未婚妻共進晚餐。）

　　但是，這個例句中的 have 還是一樣，完全感覺不出一絲絲在 have 之前的動作。亦即，沒有必要趕去那裡，或是做什麼努力。只不過是 have 而已。

　　這樣是否理解了呢？如果能夠說出下面這兩個例句的差別的話，就應該要對自己更加有自信才是！

a. I'll **have** fish and chips for dinner.

b. I'll **get** fish and chips for dinner.

　　fish and chips 是英國人常吃的高熱量食品。亦即油炸的鱈魚 (cod) 及薯條。have 的例句只是單純地表示「晚餐我要吃 fish and chips」，並未伴隨著「動作」，包括任何行為或努力。那麼，同樣的句子使用 get 又有什麼不同呢？「晚餐我要去買 (go and buy) fish and chips 喔！」。我們可從這個句子中感覺到動作，不是嗎？

## ■get＋狀況／have＋狀況

　　「get＋狀況」、「have＋狀況」在語感上的差別和上述相同，亦在於 get 與 have 的基本意象的差別。也就是，**在狀況之前是否有動作**。

• Tom **got**《him mad》.（湯姆激怒他了。）

　　由「get＋狀況」的句子可以感受到 get 之前的動作。上面這個句子隱約告訴我們是先有某種行為，才會導致「他生

氣」的這個狀況。

另一方面，「have＋狀況」卻感受不到這樣的「動作」。

• We **have** 《next Tuesday off》.（我們下星期二休息。）

這個句子只不過表達 We are free next Tuesday 而已。從這個句子中完全感受不到在這之前有過什麼「動作」，這個句中所表現的並未包含任何的行為或動作，只是單純的 have「某個狀況」而已。

到這裡如果都沒問題的話就太棒了。即使再複雜的狀況也是源於相同的語感。我們再看看下面的例句：

a. I'll **get** someone to check it out.（我會找某人去檢查看看。）

b. I'll **have** someone check it out.（我會找某人去檢查看看。）

講到這裡，我們已經深入談到了句子的「味道上有些微不同」的部分。這中間的差異相當微妙，請各位先有心理準備。

在例句 b 中，have 帶有 No problem. 的語感。只是單純的 have... 並不伴隨任何的動作。另一方面，get 則**伴隨著動作**。語氣中帶有還得想想該拜託誰前去察看…感覺上好像有些困難的樣子。我們再來看看下面的例句：

a. I **got** my parents to babysit.（我請爸媽幫我照顧小孩。）

b. ? I **had** my parents babysit.（我請爸媽幫我照顧小孩。）

例句 b 並不能算是對的句子，因此我在句子之前加上問號 (?)，直覺上就覺得這個句子有問題，其理由…相信大家都猜得到吧！因為請爸媽幫忙照顧小孩，當然一定會有到爸媽那裡拜託的動作，請人幫忙總要經過一番努力嘛。那麼，最後：

a. I **got** my boss to agree to the plan.（我的計劃得到上司的同意。）

b. I **had** my boss agree to the plan. (×)（我的計劃得到上司的同意。）

　　例句 b 大有問題。因為計劃要得到上司同意、答應推行，哪有不須付出努力的。

　　我在這裡必須再重申一次。以上這些例句的差距實在很微妙，請各位不要一味的想去「死記」。只要讀過去有點印象，即可擁有像以英語為母語者一樣的語感了。

　　在此順便考各位一個問題，如果無法體會也千萬不要太在意。

Q. 找誰來修洗衣機吧。

a. I must **get** this washing machine repaired.

b. I must **have** this washing machine repaired.

　　使用 get 時，不管是自己修理，或是請電器行派人來修，兩者都是一樣的，因為都伴隨著動作及努力。另一方面，have 則不需要任何努力，只是單純地擁有而已，因此不可能自己辛苦地去修理，一定是請某人來修理，用 have 的話，不會令人感覺到辛勞，也沒有任何困難。好吧！如果到這裡都沒有問題，對於不是以英語為母語者的各位而言，已經很了不起了。

# obtain

各位可以把這個動詞視為 get 較正式的用法。

- Where can I **obtain** a visa for China?（我到哪裡可以拿到中國的簽證？）
- They failed to **obtain** sufficient funds to save the business.（他們沒有得到足夠的資金來挽救他們的生意。）
- Information can be **obtained** from City Hall.（資料可以到市政府領取。）

不夠正式的句子則不適用 obtain。

I **obtained** this shirt in Taipei. (×)（我在臺北取得這件襯衫。）

這句話很怪吧！

MORE SPECIFIC

# acquire

基本意象

　　這個單字的意象基本上與 get 相同，但是，比起 get 所耗費的精神多得多，輕易就能獲得的東西不可以用 acquire。

· I **acquired** a pen.（×）

　　acquire 通常用在金額很高，或是取得很困難的事物，總之，會令人感覺到**付出相當的努力或是花費了很多時間**，與中文「終於得到了」的感覺類似。當然，如果上面的例句指的是千辛萬苦才得到的珍貴收藏品的話，當然可以用 acquire。

· Our college **acquired** a beautiful medieval tapestry recently.
　（我們學校最近獲得一幅很漂亮的中世紀掛毯。）

　　這個句子用 acquire 很合適吧！下面的句子又如何呢？

· You must **acquire** new skills if you hope to have a chance in the job market.（如果你想找到工作就必須習得一技之長。）

· She has **acquired** quite a reputation as a negotiator.（在交涉能力方面她獲得很高的名聲。）

· I'm beginning to **acquire** a taste for good wine.（我開始懂得好酒的味道了。）

　　以上每個例句一樣都會令人感受到時間及努力，不是嗎？

我們再來看下一個例句。如果這個句子也沒有問題，就可以畢業了。

・Whiskey is an **acquired taste**!（威士忌的美味很難體會。）

　　威士忌的美味對初次品嚐的人來說是很難理解的。或許要品嚐過各種不同的風味，或許要喝掉許多瓶，喝了又吐，吐了又喝才體會得出來。很簡單吧！最後來介紹一個有趣的用法。

・Chris is an **acquired taste**!

　　這是一種半開玩笑的說法。「（雖然一直看不出有什麼優點，但是）交往之後才慢慢感覺出她的好」之意。

gather, collect

**MORE SPECIFIC**

### 基本意象

gather 的重點雖然在於「收集」，但是請在這個語意之外，再加上「**從各個不同的地方匯集而來**」的語感。

- We often walk through woods **gathering** mushrooms as we go.（我們常常一邊在森林中散步，一邊採集蘑菇。）

- I'd like you to **gather** as much information about this company as you can.（我希望你儘可能地去蒐集這家公司的情報。）

- **Gather** (up/together) your belongings－we're leaving.（把行李全部集中在一起，我們要出發囉。）

上述各句都帶有「從各個不同的地方匯集而來」的感覺。

當然，gather 這個字也可以單獨作為「聚集」之意。

- Hours before the gates opened a large crowd **gathered**

outside Chiang Kai-shek Memorial Hall. （開場前幾個小時已經有大批群眾聚集在中正紀念堂。）

　　各位如能理解從各個不同的地方「匯集」而來的基本意象後，就天不怕地不怕了。我們來看看幾個例句。

· The anti-terrorist movement is **gathering** momentum in Spain. （反恐怖活動在西班牙的勢力愈來愈強大。）

· Give me time to **gather** my thoughts before my speech. （在演講之前請給我時間歸納我的想法。）

　　很簡單吧！第一個例句是把各種要素匯聚在一起，變成一股強大的力量的感覺。第二個例句則是將四散各處的想法，集合在一起。這些意象應該都不難理解才是。那麼，我們再繼續看下去。

· He took time to **gather** himself before entering the ring. （他在登上拳擊場之前花了一段時間集中精神。）

　　你們看，就好比是拳擊手將分散在全身的精神、注意力集中起來的感覺，了解了嗎？那麼，下面的例句能夠理解嗎？

· I **gather** you're a writer. （我猜你是個作家。）

· As far as I can **gather**, he's completely innocent. （就我的推測來看，他完全無辜。）

這種用法各位不可能看不懂吧！沒錯，就是收集各種證據及線索，以此來進行推測。沒什麼困難的吧！

　　即使像這樣單純的動詞，稍微將意象推展開來就可以完全活用在日常英語會話中，這就是意象的力量。

## collect

　　其意象和 gather 一樣。除了最後一項的「**推測**」之外，其餘用法皆相同。collect 獨樹一幟的是，這個動詞大都用在「集郵」、「收藏品」等的「收集」上。

・I used to **collect** stamps when I was a child.（我小時候有集郵的習慣。）

　　對了，「募款」也是用 collect。

・We're **collecting** for the victims of land mines.（我們正在為地雷受害者募款。）

# catch

　　各位應該聽過 play catch（投接球）這個用法吧！這正是 catch 的語感。不論是飛過來的球、水裡游的魚或是稍縱即逝的機會⋯ **catch** 的對象通常都正在動作中。

- **Catch** the ball.（喂！接住那個球！）
- **Catch** me if you can!（你行的話就來抓我啊！）
- If you hurry, you'll **catch** the last train.（如果你動作快一點的話，就趕得上最後一班火車。）
- The police **caught** the serial killer.（警察逮捕到那名連續殺人犯。）

　　如果抓得到目標正在動作中的感覺，應該就沒問題了！

- Did you **catch** that?（你有沒有聽到？）

• Sorry, I didn't **catch** your name.（對不起，我沒聽清楚你的名字。）

　　聲音飛出來了，catch 它！

　　疾病也可以 catch 喔！你們看，在意象的世界裡，疾病在空中飛起來了。catch 它！

• I think I'm **catching** a cold.（我想我感冒了。）

　　catch 有時也會有「**理解**」的意義。各位是否都能領會其中的語感了呢？就是去 **catch** 迎面飛來的想法。

• My students **catch** on really quickly.（我的學生們理解能力很強。）

　　咦？「那麼，on 又是什麼意思？」on 的意象是「黏在一起」，給人一種緊緊 catch 住某個想法不放手的感覺。

　　**去抓住某個正在動的東西，這就是 catch。**

# grab

**MORE SPECIFIC**

## 基本意象

一般我們都將這個字翻譯成「抓」，但 grab 指的並不是隨意輕輕地抓取，而是**極其突然地、用力地抓取，會令人感覺到抓力之強勁、動作之迅速**。是一個動作迅速敏捷的單字。

・I **grabbed** the pickpocket's arm.（我抓住了小偷的手臂。）

・She **grabbed** the money from my hand and ran off.（她從我手中抓了錢就逃跑了。）

你們看，grab 可不是隨意輕輕地抓吧！

## 衍生意象

grab 的用法並不限於小偷的手臂或是錢等具體的東西。

・You should **grab** any chance that comes along to speak English.（你應該抓住任何說英文的機會。）

你們看，「機會」也可以用力抓住。我們再來看看下面的例句。

・I'll **grab** something to eat on the way to the station.（我會在去

車站的路上買些東西來吃。）

· I just **grabbed** a sandwich for lunch.（我午餐只吃了一個三明治而已。）

　　難道是在晨曦中悠閒地走向車站？或是沖好一杯香氣四溢的咖啡，坐在桌前細細品嚐它的美味？當然不是！grab 的意象應該是「急忙地狼吞虎嚥」才是。再試試看下面的例句。

· We **grabbed** a couple of hours' sleep on the plane.（我們在飛機上睡了幾個小時。）

　　因為實在太忙了，所以，在飛機上一有睡覺的時間就趕緊抓住。沒問題了吧！

# TAKE

最後要介紹的是「表示取得的動詞」中的重量級動詞 take。字典中刊載的用法有 **30～40** 種之多。各位過去或許曾為此所苦，不過，已經沒有必要再死記那麼多用法了，各位已經培養了使用意象來思考的能力，就讓我們好好來研究這個動詞的意象吧！

請各位想像一下放置藥品的藥櫃，上面放有紅色、白色等各式各樣的瓶罐。請從架上將紅色的瓶子取下來。拿下來了，這就是 take 的動作。沒錯！**就是將某物拿到手上的動作。**

各位是否曾在無意識當中將什麼東西拿在手上呢？應該不可能會這樣吧！take 某物其實是**有意識的動作**。或許有些喜歡順手牽羊的主婦會辯解「對對…對不起，我一回過神來，這根蘿蔔就已經在我手上了」，這就另當別論吧。請各位回想一下之前我對 get 的說明，get 有一個用法是「某樣東西愈來愈靠近」吧！

· I **got** a cold.（我感冒了。）

· I **took** a cold.（×）

take 並沒有這種用法。take 大都給人自己伸手去拿的感覺。

拿到手上

**拿到手上**

首先就從**最基本的意象「將某物拿到手上」**開始說起。

- She **took** the car keys from him and left.（她從他那兒拿走車鑰匙後離去。）

- Can I **take** your jacket?（要不要我幫你拿夾克呢?）

- He **took** a business card from his wallet and handed it to me.（他從皮夾裡拿出名片然後遞給我。）

你們瞧，上面都是將物品實際拿在手上的例句。不過，以下才是勝負的關鍵所在。翻譯的用詞雖然與前述不同，但基本意象卻是不變的。

a. Help! That man's **taken** my purse!（救命啊! 那個人搶走了我的皮包。）

b. There are many problems in schools today—**take** drugs, for example.（最近學校發生了好多問題——毒品就是一個例子。）

c. She's **taking** the TOEIC test tomorrow.（她明天要參加 TOEIC 考試。）

d. You can **take** the call in my office.（你可以在我的辦公室裡接電話。）

e. **Take** 2 from 7.（將 7 減去 2。）

f. It's time we **took** a break. （我們差不多該休息了。）

　　雖然中文裡的翻譯各不相同，但表現出來的就是基本意象的「將某物拿到手上」的意義，不是嗎？

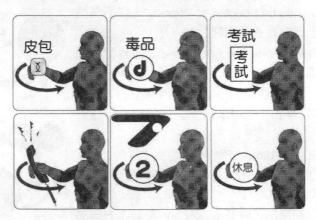

　　如果大家都已經理解的話，我們不能在這裡原地踏步了，來挑戰幾個難度較高的句子吧！

· The doctor **took** my blood pressure/pulse/temperature. （醫生測量我的血壓／脈搏／體溫。）

· Can we **take** a picture of you? （可不可以讓我們替你拍張照？）

　　當然，這並非實際地將某物拿到手上。不過，在意象的世界，可以想像成如右邊插圖般的狀況吧！雖然是抽象的感覺，亦符合 take 的基本意象。

　　請各位回想一下，take 的基本意象是「將某物拿到手上」。若將此基本意象以比喻的方式來想像的話，還能衍生出

「**收受**」或是拿在手上「**思考**」的意思。

· We are not **taking** this matter lightly.（我們並沒有輕忽這件事。）

· You shouldn't **take** it so literally.（你不應該完全照字面去解讀它。）

· Let's **take** one point at a time.（讓我們一項一項思考。）

　　「將某物拿到手上」的動作往往會和「將某物拿到手上用來**做**…」的語感結合在一起。

· Take your **time**.（慢慢做。）

· Take **care** of your mother.（請好好照顧你媽媽。）

　　這裡是指「將 time 及 care 拿到手上用來做…」的意思。與大家中文裡常講的「花（時間）」是一樣的。

· It won't **take** much time to check it thoroughly.（仔細檢查是不會花費太多時間的。）

· How long will it **take** to get to London?（去倫敦要花多少時間？）

· It **takes** a lot of guts to speak in public.（在眾人面前說話需要很大的勇氣。）

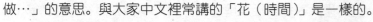

選擇

　　相信各位漸漸已經能夠掌握 take 的語感了吧！請大家回想一下剛剛前面提過的藥櫃，架子上擺放了許多各種不同的藥罐，請你從當中「取」一罐下來，隨便哪一罐都可以。

相信大家已經猜出我想表達的重點了。當你想要將某樣東西拿到手上時，**會伴隨著從中做選擇的感覺。**

a. Which road shall we **take**?（我們該選擇哪一條路？）

b. I'll **take** the cheapest one!（我會選最便宜的。）

　　請看例句 b，take 在這裡並不單單只是 buy 的意思。我不要這個而要那個，我不要貴的而要便宜的，take 的重點放在選擇，不是嗎？我們在下面的例句中也會有相同的感覺。

· Ann's **taking** a course in computer graphics.（安選修電腦繪圖課程。）

· I prefer to **take** the Mucha line.（我要搭木柵線。）

· They are **taking** an uncompromising stance on this issue.（在這個議題上，他們採取不妥協的立場。）

　　「安選擇這門課程」、「我選擇這條交通路線」、「在許多立場當中，他們選擇這種立場」等，各位是否已從中體會出這種選擇的感覺了呢？

接受

　　「將東西拿到手上」就是將原本屬於外界的東西拿到自己身邊的動作。如果以這樣的角度來思考的話，「接受」的意象應該就不難理解了。

· The new cinema can **take** 230 people.

（這家新的電影院可容納 230 人。）

· He cheated on his wife so now he has to **take** the consequences. （他對妻子不忠實，所以現在必須承擔後果。）

· I gave her the advice, but whether she **takes** it or not is up to her. （我給她建議，但要不要接受由她自己決定。）

**take ＋移動**

take 往往會加上一層「移動」的意義。這種用法我們在學校時就已經學過了，與 bring 正好相反。

· I have to **take** this parcel to the post office. （我必須把這個包裹拿到郵局去。）

· I'll **take** you to the airport. （我會帶你去機場。）

· Don't forget to **take** your driver's license. （別忘了帶駕照。）

也有下面這種用法。

・My job **takes** me all over Asia.（我因為工作而跑遍亞洲各地。）

**各**位辛苦了。雖然 take 有各種用法，但追根究底都是由基本意象「拿到手上」衍生而來的意義。各位都理解了嗎？take 是不是一點都不可怕呢？

## ⑨TAKE 與 GET

想必各位對 take 的用法已經相當有自信了。在這裡我們不妨來比較一下 take 與 get 在用法上的差異，或許會很有趣。太瑣碎的地方姑且不論，以下並列出幾個句子，請各位比較看看其語感的不同。

・I'll **get** a taxi.（我去叫計程車。）

・I'll **take** a taxi.（我去叫計程車。）

get 帶有動作中的感覺，給人一種「（沒看見計程車）我去哪裡想辦法叫輛計程車」的語感。而 take 的意象是「把某樣東西拿到手上」，而要伸手去取的東西就在面前，不會讓人覺得需要特別跑去哪裡，或是需要加倍付出心力才能夠得到，take 的語感是相當輕鬆的。給人一種「（已經看到了）計程車就在那裡，我去叫過來」的感覺，以下再舉一個類似的例子。

・**Get** a seat.（去找個位子坐。）

・**Take** a seat.（請坐。）

已經沒問題了吧？再試試下面的例句。

・I **got** medicine from the doctor.（我從醫生那裡拿了藥。）

・I **took** the medicine.（我吃了藥。）

get 指專程到醫生那裡，請醫生開藥，而 take 則只是將藥吃下。

我們再多挑戰幾個句子吧！想必各位已經習慣這兩個字的用法了。那麼下面這個句子如何？意思是什麼呢？

・I didn't **take** the advice I **got**.

　　get 很簡單，就是 advice 逐漸靠過來的感覺。但是，沒有去 take 這個 advice 表示…沒錯，take 指將眼前的東西拿到自己身邊的動作，因此，也含有「收受」的意義，所以，可以翻譯成「沒有接受建議」。意象的感覺很重要吧！

・I didn't **get** the job.

・I didn't **take** the job.

　　didn't get 表示「沒有得到工作」。didn't take 的情況則是工作已經擺在眼前了，但是「沒有接受」它。各位知道為什麼下面這個例句不能用 get 嗎？

・I can't **take** any more of their stupidity.

・I can't **get** any more of their stupidity. (×)

　　「我已經沒辦法 get 他們的愚蠢」是個意義不明的句子。take 的情況下則可以解釋為「接受」。

　　各位已經具備了正確語感的基礎了，以後在接觸以英語為母語者的英語時，這些語感自然就會適時地浮現在腦海中。

# 8.

## 8.

## 表示**創造**的**動詞**

## 表示創造的動詞

　　好快啊！轉眼之間已經快要看到終點了。解說到這裡，不知各位覺得前面的內容如何？對於以往搞不清楚用法的動詞是不是突然之間有種豁然開朗的感覺呢？

　　以下整理的動詞，最接近表示「創造」原義的當然是 make。

# MAKE

首先就先來解決「表示創造的動詞」中最大的動詞。

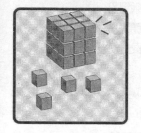

make 的基本意象當然是「**做**」。

· She **made** too many mistakes.（她犯太多錯了。）

· 6 and 4 **makes** 10.（6 加 4 等於 10。）

　　如上面的例句所示，「做」並不一定要基於本人的意志，當然，也會有不知不覺中自然形成的情況。不過，make 在大部分的情況下**多屬於有意識的行為，因此亦伴隨著努力的感覺**。和 have, get, take 等動詞比較一下，應該更能體會出 make 的語感。

· He **makes** lots of money.（他賺很多錢。）

· He **has** lots of money.（他有很多錢。）

· I'm really busy but I have to **make** time to visit my mother in hospital.（雖然很忙，但我必須抽空去探望住院的母親。）

· If I **get** time I'll visit her.（如果我有空，我會去拜訪她。）

- You can **make** the call in the bedroom. （你可以在臥室裡打電話。）
- You can **take** the call in the bedroom. （你可以在臥室裡接電話。）

make the call 表示撥電話出去，換成 take 的話，則是單純地表示「聽」電話。各位是不是看出 take 與 make 在語感上的不同了呢？

首先，我們來看幾個 make 最為典型的例句。

- They **made** the bikes with their own hands. （他們親手做了這幾輛腳踏車。）
- I'll **make** us some coffee. （我來為大家泡些咖啡。）
- Everyone **makes** a circle. （大家圍成一個圓圈。）

接下來是較為抽象的用法，但是語感還是一樣的。

- I need to **make** an appointment with the dentist. （我必須向牙醫師預約。）
- I'm sure you **made** the right decision. （我確信你做了正確的決定。）

很簡單吧！就是「做」嘛！接下來的 make 有點難度了喔！

a. He **makes** over $100,000 a year. （他年收入超過 10 萬美元。）

b. Last year I **made** a journey across Africa. （去年我參加了橫越非洲之旅。）

c. Lucy has already **made** friends with the neighbours. （露西已

經和鄰居成為朋友了。）

　　一定有讀者開始納悶「喂喂！這到底在『做』什麼啊？」。我們就從例句 a 開始看起，此句的 make 在以英語為母語者的意象中是「由勞動及工作中創造出財富」之意。例句 b 就比較難懂了，我們由 make a journey 當中，可以透過目的、計劃、行程表等事物感受到「做」的語感，所以用的是 make！至於例句 c 則是如文字所示，與鄰居「做」朋友。如果大家由這樣的角度去思考的話，相信就能明白以上都是由基本意象衍生而來的句子。

　　如果大家已經漸漸地抓到 make 的語感，最棘手的用法即將登場。

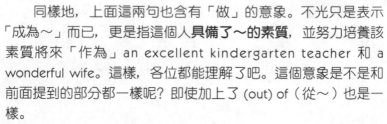

- She'll **make** an excellent kindergarten teacher.（她會是個很優秀的幼稚園老師。）
- She'll **make** a wonderful wife.（她會是個好太太。）

　　同樣地，上面這兩句也含有「做」的意象。不光只是表示「成為～」而已，更是指這個人**具備了～的素質**，並努力培養該素質將來「作為」an excellent kindergarten teacher 和 a wonderful wife。這樣，各位都能理解了吧。這個意象是不是和前面提到的部分都一樣呢？即使加上了 (out) of（從～）也是一樣。

· What do you **make of** him?（你覺得他怎麼樣？）

　　各位是否曾經聽過這樣的句子？打個比方好了，假設公司裡最近有一個 new face 加入，而你並不是很喜歡他。有一次，你和其他同事下了班一起去聚餐，隨口順便問問：「你覺得那個人怎樣？」這種狀況下用這句話真是再恰當也不過了。說得明白一點就是「你從他那裡（你觀察他）做出什麼意見 (opinion)」。什麼？「太深奧了」？好吧，以下就舉幾個比較簡單易懂的例句。

· He always **makes** a fool **of** himself after a few drinks.（他只要喝了一點酒就會做蠢事。）

· We'll **make** a salesman **of** you yet.（我們總有一天會把你訓練成獨當一面的推銷員。）

　　已經沒有問題了吧？下面的例句也是基於相同的意象。

· You can **make** wine **out of** lots of berries and fruits, not only grapes.（不是只有葡萄，還有許多漿果及水果都可以拿來釀酒。）

　　有關這部分的說明應該已足夠。總而言之就是「做」。

成功

· I **made it**!（我成功了！）
相信大家對於這種表達均十分熟悉。為什麼「做」會衍生出「成功」的意思呢？

如果我們「做出」什麼，一定會伴隨著某種程度的「成就感」吧。相信各位都玩過拼圖，拼好的那一刻是不是有無可言喻的成就感呢？

· We just **made it** in time for the kick-off.（我們在足球比賽開始前剛好趕上。）

· Did you **make it** to the exhibition on Sunday?（星期天的展覽你去成了沒？）

· After that, I knew I'd never **make it** as a lawyer.（在那之後，我知道自己不可能成為一名律師。）

每一個句子都帶有「完成、成功地做好～」的語感。第二個例句的情境更是「在最忙的星期天，成功地撥出空檔去看了展覽了嗎？」。

make ＋狀況

相信大家對於「動詞＋狀況」的用法已經很耳熟能詳了吧！只是將 have 和 get 的說明再重覆一次而已。make 的「做」並不侷限於事物。「狀況」也可以喔！

· They **made** Bob manager instead of me.
（他們沒有選我，而選了鮑伯當經理。）

- Let me **make** my opinion crystal clear.（讓我將意見表明清楚。）
- I **made** myself understood mainly through body language.（我大都用肢體語言讓大家了解我的意思。）
- The horrible smell is **making** me sick.（這可怕的味道令我作嘔。）
- **Make** yourself at home.（別客氣，放輕鬆。）

　　這些句子中的 make 雖然各有不同的意義，卻都是相同的型態。

---

**狀況**

Let me **make** 《my opinion crystal clear》.

---

　　亦即都是 **make**＋《狀況》。如果我們在句子中加上 be 動詞，變成 my opinion is crystal clear 就比較容易懂了。就是 make（做出）這樣的狀況。

　　如果各位能夠理解「make＋狀況」的用法的話，相信大家對以前背誦過的句型「make＋受詞＋原形動詞」的真義也能夠體會了。

- You've got to **make** her listen.（你必須讓她聽話。）

　　像這樣的句子以英語為母語者是這樣理解的：

---

**狀況**

You've got to **make** 《her listen》.

---

　　沒錯，就是做出 she listen 這個狀況。當然，make 並未限定主詞是人。

- *Titanic* **made** her cry.（電影《鐵達尼號》讓她感動落淚。）

・What **made** him angry?（是什麼讓他生氣的？）

　　亦即電影《鐵達尼號》make "she cry" 這個狀況。

　　原本說明到這裡該告一段落了，但我想還是稍微說明一下這種句型所蘊含的意義。

・I **made** my younger brother help me.

　　使用 make 的句子比起 have 和 get 來說，約束力更強。帶有「毫不考慮對方意願」的語感。為什麼會有這種語感呢？當然是因為用了 make 啊！就好比用麵粉做饅頭一樣，各位什麼時候聽過有人會對麵粉說「我可以揉你嗎？你還好吧？接下來可以用 擀麵棍敲敲你嗎？」，不會吧！make 的用法也是基於同樣的道理。

MORE SPECIFIC

**create**

基本意象

前所未有的事物

create 的焦點在於「**前所未有的事物**」。如果其他人已經創造出來的事物，再依樣做一次並不能稱為 create。而是要創作出前所未有的全新事物才是 create 的意象。當然，我們會從中感受到豐富的創造力與想像力。

・Walt Disney **created** so many wonderful cartoon characters.（華德・迪士尼創造出許多很棒的卡通人物。）

・Our chef has **created** a new dish specially for your wedding reception.（我們的廚師已經為你的喜宴創造了一道新的菜色。）

・The government is doing all it can to **create** new jobs.（政府正盡其所能地創造新的工作機會。）

create 不僅用於設計、規劃一個具體的東西，也可以用在**創造出一個全新的狀況**。並要提醒大家，create 的狀況也不全然必定是好的事物，以下舉幾個例句供各位參考。

- The recession is **creating** lots of problems in Japanese society.（經濟衰退帶給日本社會很多問題。）
- The bomb explosion **created** chaos all around the building.（炸彈爆炸讓整棟大樓陷入一片混亂。）
- Her biting comments **created** quite a stir.（她尖銳的批評引發相當大的騷動。）

# produce

## 基本意象

　　這是一個完全憑感覺的字，produce 的感覺並不是將各個零散的零件集合起來做出一件成品，因此它的意思並不是「組合」。produce 的意象應該是「**有什麼東西從裡面出現到表面**」。什麼？聽不太懂？那就請各位看看下面的例句。

・The magician **produced** a rabbit from his hat.（這名魔術師從帽子裡變出一隻兔子。）

　　你們看，裡面黑壓壓一片的帽子裡，突然碰地一聲，兔子變出來了。我們再來看幾個例句。

・Brazil **produces** some of the world's best coffee.（巴西生產幾種世界最棒的咖啡。）

・Green plants **produce** their own food and also oxygen via photosynthesis.（綠色植物透過光合作用來製造營養和氧氣。）

・His humorous speech **produced** howls of laughter.（他幽默的演說博得哄堂大笑。）

　　由上述句子中可以了解 produce 強調的並不是製作的過程，從裡面出現到表面才是其焦點所在。

衍生意象

　　製作電視節目或電影的人稱作什麼？沒錯，就是 producer（製作人）。為什麼要用這個字呢？想必感覺敏銳的大家都已經知道了。produce 是「**從裡面出現到表面**」。而「表面」指的就是大家「**看得到的地方**」。我們再來看看前面提過的這個例句。

· The magician **produced** a rabbit from his hat.

例句中並不是單純地只把兔子拿出來而已，魔術師的目的是為了讓大家看清楚，而從帽子裡拿出來。

　　所以稱製作電視節目或電影的人為 producer，也是因為他們的工作就是製作影片供觀眾欣賞。

· Our company **produces** microchips.（我們公司製作晶片。）

　　　　　　製作產品時亦可使用 produce，箇中緣由想必各位已經知曉。沒錯，產品就是為了讓大家能夠看到、購買、使用而製作出的東西。若僅是為了自己的喜好、興趣而去製作，則不可用 produce 這個字。

　　以下是最後一個例句。

· The prosecution **produced** overwhelming evidence against the defendant.（檢方提出壓倒性的證據反駁被告。）

你們看，為了要讓大家明白其正當性，看清楚真相，因此將證據提出來，各位是否感受到這樣的語感了呢?

# generate

咕嚕咕嚕

這個動詞的意象就是「咕嚕咕嚕」。鍋子裡因為某種能量而一直咕嚕咕嚕地起泡，並且有什麼東西從鍋子邊緣源源不絕地流出的感覺。

- Chernobyl's nuclear reactors used to **generate** huge amounts of electricity.
  （車諾比的核子反應爐以前曾生產大量的電力。）

咕嚕咕嚕咕嚕咕嚕…是不是和產生能源的感覺十分吻合？當然，generate 並非只能形容能源。

- We've established a think-tank to help **generate** new ideas.
  （我們已經成立一個智囊團來集思廣益。）
- With this new advertising plan we're sure to **generate** far more profits.（由於這個新的廣告計劃，我們應該可以獲得更多的利潤。）
- Diana's death **generated** enormous interest and sadness throughout the world.（黛安娜王妃的死引起世界各地的關切和悲傷。）

各位能否想像那種源源不絕地流出的感覺呢？

**MORE SPECIFIC**

基本意象

build 的焦點在於**零件** (parts)。build 是將材料、零件等加以組合使其成為完整的物體。

- My grandfather **built** this house.（我祖父建造了這棟房子。）
- My dad's going to **build** me a go-kart.（我爸爸要幫我做一輛幼兒學步車。）

你們看，是不是都有組合零件的感覺呢？build 若作名詞使用時，表示「體格、體型」，就是由筋骨和肌肉等零件組合而成的身體架構之意。而且，如果你要以英語為母語的人為你解釋 build（體格）的話，他們可能會說 the way a person is *put together*。這個詮釋是不是和基本意象非常吻合呢？

當然，抽象的事物也可以用 build 這個字喔！而且語感都是一樣的。

- The most up-to-date business ideas have been **built** into the company's new strategy.（最新的經營觀念已經被導入這家公司的經營策略中。）
- I've **built** a strong relationship with many companies.（我已經和許多公司建立起強而有力的關係。）

還是有由組合零件做出什麼東西的感覺吧！

## construct

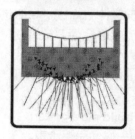

這個動詞的意象和 build 很類似，感覺上有更多的零件集合在一起。還有**很龐大、很堅固的感覺**。就像橋、道路或是水壩等就很符合這種感覺。

・Sydney was busy **constructing** new stadi-ums and roads for the 2000 Olympics.（雪梨為了 2000 年奧運，正忙著建造新體育場和道路。）

**MORE SPECIFIC**

# form

form 的焦點在於**形狀**。

· He **formed** the ice into a crane.（他用冰雕出一隻鶴的形狀。）

如果說成 make a crane with the ice 的話，就只是「用冰做一隻鶴」，讀起來很平淡無味。但是，若說成 form the ice into a crane 的話，就有一種賦予冰成形為鶴的語感，會令人感覺到雕刻者一邊想像形狀，一邊慢慢雕塑的過程。我們來看幾個例句。

· OK, I want you all to **form** a circle, please!（好，我要你們圍成一個圓圈。）

· Put all the pieces together to **form** a fish.（將這幾塊拼成一條魚。）

即使是抽象的事物也可以用 form 喔！

- Our upbringing plays a key role in **forming** our personality.
  （教養在我們的人格形成過程中扮演了很重要的角色。）
- I haven't had time to **form** an opinion of the new coach yet.
  （對於新教練我還不是很了解。）
- These sketches will help you **form** an idea of what I have in
  mind.（這些草稿能幫助你了解我的想法。）

　　你們看，人格、意見、想法等是不是慢慢成形了。

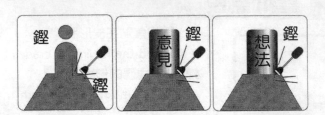

　　最後要說明的是，form 也常用在設立組織、委員會、公司
等意義上。各位知道為什麼嗎？

- I intend to **form** a committee to study the matter.（我打算設立
  一個委員會來調查這件事。）
- NATO was **formed** in 1949.（北大西洋公約組織成立於 1949
  年。）

　　委員會是明天立刻就可以設立好的嗎？北大西洋公約組織
是一夕之間成立的嗎？當然不可能。必須挑選適任的人，慢慢
將想法具體化，委員會和北大西洋公約組織才得以成立。用
form 這個字會令我們感受到這中間的過程，這和用冰雕塑鶴的
意象是一樣的。

# BREAK

我們談論完各種形式的「做出」之後，接下來，當然要來談談「破壞」。

這個動詞的意象就是「破壞」。杯子摔破了，樹木折斷了，我的鬧鐘壞了所以來不及去上課，總之 break 就是壞掉的意思。

- Oh no, I've **broken** the neighbour's window!（喔！我打破了鄰居的窗戶！）
- The shelf **broke** under the weight of all the books.（因為書太重把書架壓壞了。）
- The stereo's **broken** again.（音響又壞了。）
- He's **broken** two ribs.（他斷了兩根肋骨。）

## 衍生意象

規則

　　各位走在馬路上，左邊及右邊都是圍牆，就算是你走錯路了也絕對不可以翻牆抄捷徑，還是只能循著這條路前進。這樣的意象正好與**法律**、**規則**、**約定**等完全吻合，它們規定了我們生活中應有的規範，你得循著既定的路走，如果去 break 兩旁的圍牆，就是「違反」、「不遵守」。

- I've never **broken** the law in my life.（我一生從未違法。）
- At school I **broke** all the rules!（我在學校違反了所有的校規。）
- I knew he would **break** his promise.（我知道他會不守承諾。）

罩子

請想像一下把某樣東西加上罩子，或是某樣東西被完全密封住，或是被圍牆等包圍住的狀況。break 也可用於打破這個罩子。

- If the seal has been **broken**, don't use it. （如果封口已經被打開，就不要使用了。）
- He **broke** jail. （他越獄了。）
- Our house was **broken** into last night. （我們昨晚被闖空門了。）

線狀物

break 也可以用來表示線狀物品折斷的情況。

- The pipe **broke** in two. （水管斷成二截。）

這個意象可以引申為**聯繫、關係斷了**。

- All radio contact has been **broken**. （所有的無線電通訊都中斷了。）
- I **broke** up with my fiancé last night. （我昨晚和未婚夫分手了。）

- New Zealand **broke** diplomatic ties with France after the Rainbow Warrior incident.（彩虹戰士事件之後，紐西蘭和法國斷絕了外交關係。）

請想想看下面例句的意思。

- A spine-chilling scream **broke** the silence of the night.（令人毛骨悚然的尖叫聲劃破了夜晚的寂靜。）

　　為什麼這裡可以用 break 呢？沒錯，就是聯繫斷了。如同線一般持續不斷的寂靜狀況被突來的 noise 中斷了。

- It's so tough for junkies to **break** the habit.（要有毒癮的人戒毒相當困難。）

- It's sad to say, but my trust in you has been **broken**.（雖然難過，但我必須說我已經無法再相信你了。）

　　以上各句也都是中斷了原本持續的狀況。

　　這麼說的話，休假和休息時間也可以用 break 這個單字，因為工作或讀書的連續性也被中斷了。

- I think we all need a **break**.（我認為我們都需要休息。）

· Let's have a chat during the lunch **break**. （讓我們在午休時好好聊一聊。）

**有**關「表示創造的動詞」的說明就到此告一段落。各位覺得如何？原本應該再多介紹幾個動詞的，但⋯就留待《自然學習英語動詞　進階篇》再繼續說明吧！敬請期待。

## 9.

### 表示衝擊的動詞

## 表示衝擊的動詞

　　所謂「表示衝擊的動詞」係指針對某個對象施予「力量」的動詞。類似的動詞包括毆打、踢、殺、切…等，由於這類動詞實在是難以計數，詳細的說明必須留待《自然學習英語動詞　進階篇》才有辦法一一道盡。

　　不過，或許各位讀到這裡已經對本書非常愛不釋手，很想偷瞄一下《自然學習英語動詞　進階篇》的內容也說不定！

　　因此，以下就是從選輯出來的精華，讓各位先睹為快。內容是表示衝擊的動詞 "touch" 類的部分內容。

# Touch

**hit**

　　表示「敲打」之意最常用的單字。用
手或是用道具皆可。

- Stop **hitting** your brother!（別打你弟弟
了!）

　　聽到壞消息、感到震驚、遇上惡劣天
候等也可以使用 hit。

- All this area has been badly **hit** by unemployment.（失業率對
這整個地區造成很大的打擊。）

- The typhoon **hit** the south coast.（颱風侵襲南岸。）

- The realization of what I had done **hit** me like a bullet.（意識到
自己的所作所為之後，種種懊悔像子彈一樣衝擊著我。）

　　你們看，只要符合意象，即可自由自在的運用這個動詞。

# **punch**

　　這太簡單了！就是一個拳頭飛過去揍人的意思嘛！

- I **punched** him in the face.（我揍了他的臉。）

 # **thump**

　　一樣也是拳頭飛過去的意思，但更為**粗暴**。在揍人腹部或是背部時常會使用，但是揍臉通常就不用 thump。因為 thump 這個字多半帶有砰的聲音，而臉部被揍不會發出這種聲音，所以不適用這個字。

- He **thumped** me in the belly so hard I could barely breathe.（他重捶我的腹部，害我呼吸困難。）

 # **slap**

　　用手掌摑。就是啪地一聲打下去。

- I tried to kiss her but she **slapped** me.（我想要親她，卻被她打了一耳光。）

# smack

這也是啪啪地打。大都用在打屁股、腿等**遭受懲罰**的時候。

- My mother used to **smack** me on the legs when I was naughty.（每當我調皮時都會被媽媽打腿。）

 # pat

**用手掌輕拍**。在安慰他人的時候經常使用。

- I **patted** him on the shoulder and told him it was not the end of the world.（我拍拍他的肩膀安慰他這又不是世界末日。）

 # caress

**很溫柔地、充滿愛意地輕輕撫摸。**

沿著身體的表面輕輕地用手撫摸

- I leaned over her and **caressed** her cheek.（我靠向她，撫摸她的臉頰。）
  是不是洋溢著愛呢？

**stroke**

　　很溫柔的撫觸，但並不包含愛的成分。只是輕柔地撫觸。

僅止於溫柔地輕撫

- My dog loves it if you **stroke** him. （我的狗很喜歡別人輕撫牠。）

 **fondle**

　　充滿著愛意地來回撫弄。

撫摸

- She loved **fondling** the tiny kittens. （她喜歡來回地撫摸小貓。）

　　不光只是輕輕地來回撫摸，這個字還帶有 sexual 的味道。

　　各位覺得如何？ 大家應該已經猜出《自然學習英語動詞 進階篇》的編輯方向了。沒錯，《自然學習英語動詞　進階篇》是以量取勝。

　　儘管基本動詞很重要，但光靠這幾個動詞是不可能完全駕馭英文的。必須依不同狀況使用最恰當的動詞，因此，無可避免地還是得「以量取勝」。

　　已經精通基本動詞用法的讀者如果再加上「量」的補強，將擁有金剛不壞之身的實力。敬請各位期待《自然學習英語動詞　進階篇》的出版。

# 後　記

　　有心把英文學好的人都有一個共通的
願望，那就是「想要擁有和以英語為母語
者一樣的語感」，更何況對不斷鑽研英文，
甚至想要登峰造極的各位讀者而言，這種
希望更是強烈吧！這正是《自然英語學習
法一》，甚至是這本新出版的《自然學習
英語動詞　基礎篇》的目標。如果各位讀
者在讀完這本書後覺得有一點點「接近以英語為母語者的感覺」
的話，對筆者來說，著實感到無比欣慰。

　　最後，我要對說要來玩卻連一通電話都不敢打來的筑波大
學中右実 先生以及儘管稿子遲交卻仍一直給予本人鼓勵的編輯
杉本義則先生致上最深的謝意。

## 英語大考驗

想知道你的文法基礎夠紮實嗎？你以為所有的文法概念，老師在課堂上都會講到嗎？

由日本補教界名師撰寫的《英語大考驗》，提供你一個思考英語的新觀點，不管是你以為你已經懂的、你原本不懂的，還是你不知道你不懂的問題，在這本書裡都可以找到答案!

*English test*

## 活用美語修辭
### ——老美的說話藝術

日常生活中，我們經常引用各種譬喻，加入想像力的調味，使自己的用字遣詞更為豐富生動，而英語的世界又何嘗不是？且看作者如何以幽默的筆調，引用英文書報雜誌中的巧言妙句，帶您倘佯美國人的想像天地。

國家圖書館出版品預行編目資料

自然學習英語動詞.基礎篇／大西泰斗,Paul C. Mc-
vay著；何月華譯.－－初版一刷.－－臺北市；　三
民，民90
　　面；　公分
參考書目
ISBN 957-14-3486-8　（平裝）

　1.英國語言-動詞

805.165　　　　　　　　　　　　　　　90010475

網路書店位址　http://www.sanmin.com.tw

ⓒ　自然學習英語動詞
　　　　——基礎篇

| | |
|---|---|
| 著作人 | 大西泰斗　　Paul C. Mcvay |
| 譯　者 | 何月華 |
| 發行人 | 劉振強 |
| 著作財產權人 | 三民書局股份有限公司<br>臺北市復興北路三八六號 |
| 發行所 | 三民書局股份有限公司<br>地址／臺北市復興北路三八六號<br>電話／二五○○六六○○<br>郵撥／○○○九九九八——五號 |
| 印刷所 | 三民書局股份有限公司 |
| 門市部 | 復北店／臺北市復興北路三八六號<br>重南店／臺北市重慶南路一段六十一號 |
| 初版一刷 | 中華民國九十年八月 |

　編　號　S 80254
　基本定價　肆元肆角
行政院新聞局登記證局版臺業字第○二○○號

有著作權．不准侵害

ISBN　957-14-3486-8　（平裝）

林耀福等 主編 定價1500元

## 三民英漢大辭典

蒐羅字彙高達14萬字,片語數亦高達3萬6千。囊括各領域的新詞彙,為一部帶領您邁向廿一世紀的最佳工具書。

莊信正、楊榮華 主編 定價1000元

## 三民全球英漢辭典

全書詞條超過93,000項。釋義清晰明瞭,針對詞彙內涵作深入解析,是一本能有效提昇英語實力的好辭典。

## 三民廣解英漢辭典

謝國平 主編 定價1400元

收錄各種專門術語、時事用語達100,000字。例句豐富,並針對易錯文法、語法做深入淺出的解釋,是一部最符合英語學習者需求的辭典。

## 三民新英漢辭典

何萬順 主編 定價900元

收錄詞目增至67,500項。詳列原義、引申義,讓您確實掌握字義,加強活用能力。新增「搭配」欄,羅列慣用的詞語搭配用法,讓您輕鬆學習道地的英語。

## 三民新知英漢辭典

宋美瑋、陳長房 主編
定價1000元

收錄中學、大專所需詞彙43,000字,總詞目多達60,000項。用來強調重要字彙多義性的「用法指引」,使讀者充份掌握主要用法及用例。是一本很生活、很實用的英漢辭典,讓您在生動、新穎的解說中快樂學習!

## 三民袖珍英漢辭典

謝國平、張寶燕 主編
定價280元

收錄詞條高達58,000字。從最新的專業術語、時事用詞到日常生活所需詞彙全數網羅。輕巧便利的口袋型設計，易於隨身攜帶。是一本專為需要經常查閱最新詞彙的您所設計的袖珍辭典。

## 三民簡明英漢辭典

宋美璍、陳長房 主編
定價260元

收錄57,000字。口袋型設計，輕巧方便。常用字以＊特別標示，查閱更便捷。並附簡明英美地圖，是出國旅遊的良伴。

## 三民精解英漢辭典

何萬順 主編 定價500元

收錄詞條25,000字，以一般常用詞彙為主。以圖框針對句法結構、語法加以詳盡解說。全書雙色印刷，輔以豐富的漫畫式插圖，讓您在快樂的氣氛中學習。

謝國平 主編 定價350元

## 三民皇冠英漢辭典

明顯標示國中生必學的507個單字和最常犯的錯誤，說明詳盡，文字淺顯，是大學教授、中學老師一致肯定、推薦，最適合中學生和英語初學者使用的實用辭典！

莊信正、楊榮華 主編 定價580元

## 美國日常語辭典

自日常用品、飲食文化、文學、藝術、到常見俚語，本書廣泛收錄美國人生活各層面中經常使用的語彙，以求完整呈現美國真實面貌，讓您不只學好美語，更能進一步瞭解美國社會與文化。是一本能伴您暢遊美國的最佳工具書！

三民英漢辭典系列

amin English-Chinese Dictionary

# 三民英語學習系列